세 시 반에
멈춘 시계

DIE ZEIGER STANDEN AUF HALB VIER
by Hans Domenego

ⓒ 1987, Dachs Verlag-Patmos Verlag GmbH & Co. KG, Düsseldorf

Korean translation edition is pubished by arrangement with
Patmos Verlag GmbH through Chang, Daejeon.

세 시 반에
멈춘 시계

한스 도메네고 지음 | 이미옥 옮김

궁리
KungRee

차례

모래상자

아주머니의 아이는 어디에서 욕을 배웠어요?

동갑내기 아이들과 내가 다르다는 것을 알게 된 때는 두 살 무렵이었습니다. 쉽게 알 수밖에 없었어요. 그 무렵부터 내가 누구인지 드러내기 시작했으니까요. 달리 표현하자면, 나는 다른 사람들의 눈에 띄기 시작한 거죠. 예를 들어 두 살배기라면 도저히 할 수 없는 문장을 구사했던 것입니다. 지금도 기억하는 일이 있습니다. 우리 아파트 3층에는 헤베르카 씨가 살고 있었는데, 중학교 교사인 그는 엄마에게 이런 말을 했습니다.

"댁의 아들 에버하르트는 정말 특별한 아이입니다. 알고 계시나요? 어제는 말이죠, 그 녀석이 관계문장을 사용하더군요. 도

대체 지금 몇 살인가요? 두 살? 아니, 두 살배기가 관계문장을 사용하다니!"

물론 나는 관계문장이 무엇인지 몰랐습니다. 어른들은 나에게 먹을거리나 자야 할 시간을 알려주거나 화분을 만지면 손이 더러워진다고 주의를 주었지만, 관계문장을 설명해주지는 않았으니까요.

헤베르카 씨가 말했던 것과 같은 사건은 매일 일어났어요. 그 때문에 나는 어쩔 수 없이 나 자신에 대하여 곰곰이 생각해야만 했습니다. 나는 분명히 동갑내기 아이들에 비해 조숙했던 것입니다. 놀이터에서 모래를 가지고 노는 두 살배기 아이들을 지켜만 봐도 쉽게 알 수 있지요. 대부분의 아이들은 기저귀를 차고 있어서 엉덩이가 동글동글합니다. 물론 나는 기저귀 따위는 이미 졸업했지요. 어떻게 해야 하는지 금세 알 수 있었거든요. 동갑내기 아이들은 서로 머리에 모래를 뿌리거나 심지어 자신의 머리에도 모래를 뿌리며 놀이터에서 놀고 있었습니다. 정말 바보 같았어요. 그래서 멍청한 짓이라고 말하면, 아이들은 전혀 이해할 수 없다는 표정으로 나를 빤히 쳐다보았습니다. 어느 날 어떤 아이의 엄마가 나의 엄마에게 이런 말을 하는 것을 들을 수 있었어요.

"아주머니의 아이는 어디에서 욕을 배웠어요?"

"욕이라뇨?"

엄마가 놀라서 물었습니다.

"멍청한 짓이야! 아주머니의 아이가 우리 딸 안젤리카에게 멍청하다고 욕을 했다고요!"

엄마는 오해를 풀기 위해 노력했습니다.

"아마 모래를 머리에 뿌리는 것은 멍청한 짓이라고 말했을 거예요. 사실 그렇잖아요?"

"안젤리카!"

아이의 엄마가 고함을 질렀습니다.

"다른 곳에 가서 놀도록 하자!"

이런 일이 생기면 나는 좀 더 주의를 해야겠다고 생각합니다. 다른 두 살짜리 아이들보다 더 똑똑하면 보다시피 그다지 좋은 게 아니거든요. 가능하면 남의 눈에 띄어서는 안 됩니다. 그래서 나는 연기를 하기로 결정했습니다. 우선 두 살 난 아이들은 어떻게 행동하는지 유심히 관찰했습니다. 모래로 카스텔라를 굽더니 뭉개버리고, 언덕을 만들어서는 발로 짓밟습니다. 그러다 균형을 잃고 엉덩방아를 찧으며 넘어지죠. 자신의 모래 통은 사용하지 않으면서 다른 아이가 가져가기라도 하면 울부짖고 난리를 피웁니다. 울음소리에 아이의 엄마들은 달려와 싸움 아닌 싸움을 말려야 되죠.

나는 다양한 곳에서 이를테면 유치원, 마트, 자동차 안에서 또래 아이들을 관찰했습니다. 그리고 그 아이들을 따라했어요. 끊임없이 연기를 한 것입니다. 그러다보니 은근히 재미도 있었답니다. 그래서 나는 집이나 슈퍼마켓에서 누군가 나에게 말을 걸면, 관계문장을 사용하지 않고 말하는 데 익숙해졌습니다. 나는 두 손으로 엄마가 입고 있는 청바지를 철썩 때려보기도 했고, 몸을 이리저리 흔들어도 보았습니다. 눈을 커다랗게 뜬 채 나에게 질문하는 사람을 빤히 쳐다보기도 했답니다. 그리고 한쪽 어깨를 들어올리고, 머리는 어깨로 약간 기울인 다음 서서히 미소를 짓는 모습을 보여주었지요. 스보보다 할머니가 이런 모습을 보면, "아이고, 마치 해처럼 환하게 미소를 짓는구나!"라고 감탄했습니다. 사실 거울 앞에서 연습한 것이에요. 웃는 표정을 지으면 눈은 작아지고 볼은 도톰해집니다. 활짝 미소 짓는 얼굴이 내 마음에 들지는 않았지만, 다른 사람들은 항상 반했습니다. 그래서 나는 이 놀이를 반복했지요. 게다가 다른 사람들에게 내가 원하는 반응을 얻기 위해서라도 그렇게 했습니다.

소위 말하는 유아기에 나는 색다른 경험도 할 수 있었습니다. 뒤뚱거리며 아파트 주위를 돌아다니면, 관리인 아저씨는 나를 무섭게 노려보며 호통을 쳤습니다.

"왜 그렇게 쏘다니는 거야, 응? 집에 가만히 있지 못해? 당장 여기서 꺼져, 안 그러면······."

그때 엄마가 계단에서 내려왔습니다.

"오, 저기 엄마가 오시는구나!"

관리인 아저씨의 목소리는 갑자기 나긋나긋해집니다.

"방금 제가 아드님에게 타이르고 있었지요. 멀리 가지 말고 내 옆에 있으라고 말이죠. 혼자서 돌아다니면 위험하지 않습니까?"

나는 우리 아파트 건물 주변에 있는 길이나 계단을 걸어 다닐 때가 많았습니다. 이리저리 뒤뚱거리며 다니면 이웃사람들이 나누는 대화를 엿들을 수 있으니까요. 나는 그동안 나이도 한 살 더 먹었습니다. 이제 세 살이 된 나는 더 많은 말과 행동을 할 수 있게 되었습니다. 당연한 일이겠지요. 나는 매일 숱한 정보를 받아들입니다. 가능하면 자주 라디오를 들었고, 텔레비전도 보았지요. 물론 이해하지 못하는 내용도 많았습니다. 하지만 어른들이나 형과 누나들이 주고받는 대화를 듣거나, 여러 라디오 방송을 듣고 혹은, 다양한 채널의 텔레비전을 보다보면 이해되지 않았던 내용이 갑자기 서로 연결이 되고는 했습니다. 이 시기에 나의 소원은 읽기를 배우는 것이었습니다. 그렇게 하려면 누군가 나를 도와줘야 했습니다. 읽기를 가르쳐주는 방송은 없었으니까요.

나무로 만든 강아지 장난감

나는 마치 얼간이처럼 보였습니다.

세 살배기 아이가 할 수 없는 일들은 많이 있습니다. 어느 날 3층에 사는 헤베르카 선생님은 엄마에게 이런 말을 했습니다.

"에버하르트가 이런 말을 한다고 한번 상상해보세요. '엘리베이터가 고장났기 때문에, 모든 사람들은 계단을 이용해야 해.' 때문에! 때문에를 사용해서 원인과 결과를 완벽하게 말했어요! 정말 믿을 수가 없답니다."

헤베르카 선생님의 부인도 이렇게 말했답니다.

"이 아이는 보통 아이가 아니에요."

헤베르카 선생님의 부인은 칭찬을 해준 것이었지만, 나에게는 그렇게 들리지 않았습니다. 특히 엄마는 충격을 받은 듯했거든요. 엄마는 내 손을 잡고 거실로 가서, 무릎 사이에 나를 세워두고 내 머리에 기대어 우는 것이었습니다. 나는 이런 엄마의 행동에 익숙합니다. 엄마는 자주 슬퍼했으니까요. 아빠가 사라졌거든요. 어느 날 아빠는 가진 돈을 모두 털어 특수 등산장비를 마련했습니다. 산에서 입을 수 있는 외투와 성능이 탁월한 텐트, 호흡기, 알코올 버너를 준비한 다음, 친구 두 명과 함께 캐나다 북부로 떠난 것입니다. 이미 아빠는 남아메리카 남단에 있는 푸에고 섬에 도착해야 할 때입니다. 그렇지 않으면 더 이상 살아있지 못할 테니까요. 우리는 소식조차 모르고 있습니다. 몇 년 동안 아빠로부터 소식을 받지 못했으니까요.

아빠는 과학자입니다. 그래서 방이 세 개나 있고 발코니와 멋진 부엌이 딸려 있는 집에서는 조용히 지낼 수 없었나 봅니다. 아빠는 기후학자라서 빙하에 올라가 연구를 해야 합니다. 아마도 나는 아빠처럼 살지는 못할 것 같습니다. 집을 굉장히 좋아하거든요. 발코니도 좋아하고, 부엌도 실용적이라 마음에 듭니다. 집 전체가 편안하고 좋아요. 아빠가 떠난 2년 전부터 엄마는 나와 둘이서 살고 있습니다. 엄마가 슬퍼하는 것도 놀랄 일은 아니지요. 내 머리에 기댄 채 엄마가 울었던 날, 엄마의 눈물로 머리가 축축해지는 것도 참고 있었던 날, 할머니가 우리 집을 방문하셨습니다. 할머니는 약간 통통하고 큰 소리로 말을 하며, 항상 자신의 생각이 옳다고 여기는 분입니다. 할머니들은 항상 사랑이 풍부하고 현명하며 훌륭하다는 것을 나도 알고 있습니다. 하지만 솔직히 말해, 우리 할머니는 그렇지 않아요. 이보다 더 솔직하게 말해서, 우리 할머니는 악한 사람은 아니지만 무례하고, 사람의 신경을 건드리는 데 선수입니다. 이렇게 말을 하니 할머니에게 죄책감이 드네요.

할머니는 연락도 없이 불쑥 우리 집을 방문하여 장난감을 선물로 주었습니다. 다리가 엄청나게 짧고 나무로 만든 개 모양의 장난감입니다. 이것은 끈을 잡고 끌고 다녀야만 했습니다. 나는 두 다리를 벌리고 껑충껑충 뛰었습니다. 이렇게 껑충껑충 뛰는 모습은 세 살배기 아이들이 기뻐할 때 주로 하는 행동이지요. 그런 다음 진지한 표정을 짓고 방을 왔다갔다 하면서 장난감 개를 끌고 다녔습니다. 장난감의 끈을 잡고 끌고 다니면 개의 꼬리가 흔들거리는데, 이런 나의 모습을 지켜보자니 한심하기 짝이 없더군요.

"너 울었구나?"

할머니가 엄마에게 물었습니다.

"커피 마실래요, 아니면 차를 가져올까요?"

이번에는 엄마가 물었습니다.

"크리스틀, 너도 책임이 있다는 걸 잘 알잖아. 애비가 왜 갑자기 사라졌겠니? 다른 여자라면 아마 남편을 따라서 캐나다에 갔을 거다. 암, 암."

"에버하르트는 어떻게 하고요?"

"내가 무슨 말을 하는지 잘 알잖니? 너는 아이를 너무 일찍 가졌어. 아니다, 아냐! 이제 와서 무슨 말을 하겠어. 아이는 남자 혼자 만들어낼 수 있는 게 아니지. 요즘에는 오히려 여자가 알아서 조절하더라만. 에버하르트!"

할머니는 내가 앞에서 꼼짝하지 않고 서 있자 고함을 질렀습니다. 물론 나는 할머니에게 장난감을 던져버리지 않았고 미소를 지어 보였습니다. 나는 또래 아이들보다 성숙했기 때문에 솔직하지 않은 표정을 지을 수 있었으니까요. 마음에도 없는 표정을 지으려면 보통 나이가 더 들어야 되거든요.

물론 나의 아빠이자 할머니의 아들이 엄마와 나를 달랑 내버려두고 바람처럼 갑자기 사라져버린 사건이 할머니에게 아무렇지 않은 일은 아니었어요. 할머니는 매달 엄마에게 생활비를 보태주어야 했습니다. 엄마는 자신이 번 돈과 할머니가 주는 돈을 모아서 생활을 꾸려나갑니다. 엄마는 베스트슈타트에 있는 슈퍼마켓의 계산대에서 일을 합니다. 아침 일찍 일어나서 나를 유치원에 데려다준 뒤 일하러 가지요.

마침내 할머니가 가셨습니다. 늘 그랬듯이 우리는 발코니로 나가서 계속 손을 흔들어댑니다. 할머니의 미니 자동차가 시야에서 사라질 때까지 말이죠. 엄마가 또 다시 울먹이자 나는 결정을 내렸습니다. 엄마의 손을 잡고 커다란 소파로 데려가서는 이렇게 말했습니다. "여기 좀 앉아봐!"

그리고 세 살배기 아이처럼 엄마의 곁에 털썩 앉아 내 정체를 고백했습니다.

"내 말 듣고 놀라면 안 돼! 사실 나 말이야……, 좀 이상해."

"뜻도 모르면서 주위에서 들은 것을 흉내내서는 안 돼."

엄마가 말했습니다.

"뜻도 모르면서 따라하는 게 아니라니까! 오늘 헤베르카 선생님 부인이 말했잖아. 나는 보통 아이가 아니라고 말이야. 구체적으로 말하지는 않았지만 어쨌든 내가 평범한 아이가 아니라는 점을 눈치챈 거야."

"하지만 에비!"

엄마는 나를 에비라고 부릅니다.

"도대체……, 너는 아무 것도 몰라."

"흥분하지 마. 그럴 필요는 없어. 속이 불편한 거야? 짐파톨 가져올까?"

"짐파……?"

"엄마가 먹는 혈액순환 물약을 내가 모를 줄 알아?"

"뭐, 혈액순환?"

나는 내가 왜 이상한지 엄마에게 설명해주었습니다. 나의 이성과 교양을 고려해본다면 나는 열다섯 내지 열여섯 살의 수준인 것 같지만, 큰 핸디캡이 있다고 말이지요. 바로 글자를 읽고 쓰지 못하는 것입니다. 나는 핸디캡이라는 말까지 사용했습니다.

핸디캡이라는 말에 엄마는 큰 충격을 받은 듯했습니다. 엄마의 입술이 하얗게 변했거든요. 나는 욕실로 달려가 의자를 놓고 그 위로 올라가서는 짐파톨을 꺼내왔습니다. 엄마는 물도 없이 짐파톨 한 모금을 마셨죠. 그러자 조금 안정을 찾은 듯했어요.

"내가 미쳤나봐."

엄마는 중얼거렸습니다.

"엄마는 미치지 않았어. 나도 미치지 않았고. 그리고 난 그렇게 대단한 아이가 아니야. 엄마 앞에서는 연기를 하지 않아도 되니까 정말 너무 기뻐."

나는 솔직하게 말했습니다.

세 살배기 역할을 하는 것도 재미는 있지만, 그래도 누군가와는 이성적인 대화를 나누고 싶다는 바람도 말했습니다. 그리고 이렇게 덧붙였죠.

"나는 근본적으로 내향적인 사람은 아닌 것 같아. 무슨 말인지 이해하지?"

엄마는 나를 뚫어지게 쳐다보았습니다.

"도대체 너, 그게 무슨 뜻인 줄 알아?"

엄마는 기가 막힌다는 표정이었습니다.

"이제 겨우 세 살이 된 아이가 장난감 개를 끌고 다니면서, 꾀꼬리 같은 목소리로 '나는 내향적인 사람은 아닌 것 같아' 라고 말하는 걸 보는 엄마의 심정은 어떤 줄 아니? 정말 돌겠네!"

"이보다 더 굵은 목소리는 나오지 않는데 어떻게 하라고?"

꾀꼬리처럼 나는 말했습니다.

바보 같다는 생각이 들어서 우리는 한동안 아무 말도 하지 않았어요. 조금 뒤 엄마가 훌쩍거리는 듯싶어 자세히 들여다보니 우는 게 아니라 웃느라고 엄마 몸이 흔들리고 있었지요. 엄마는 계속 웃었고, 나도 덩달아 웃었습니다. 엄마는 다리를 쩍 벌리고 있는 나를 올려다보면서 꾀꼬리 같은 소리로 말했습니다.

"나는 내향적인 타입이 아냐."

마침내 우리는 진정할 수 있었습니다. 그리고 앞으로 어떻게 해야 할지 같이 고민을 했습니다.

"무엇보다 엄마는 나한테 읽기와 쓰기를 가르쳐줘야 해. 그러면 나는 제대로 연구를 할 수 있을 테니까."

엄마는 놀란 표정으로 나를 쳐다보더니 또 다시 이렇게 말했습니다.

"그러니까 말이야……, 음……, 너 같은 어린아이가 연구를 한다고 말하니까 정말 웃긴다."

"좋아. 하지만 지금부터 엄마가 웃으면 나는 상처를 받을 거야. 내가 책을 읽을 수 있으면, 아빠와 엄마에 관한 책을 쓰고 싶어. 그리고 글을 잘 쓸 수 있으면, 내가 경험한 모든 것을 기록할 수도 있잖아. 모든 것을 쓰고 싶어 미치겠어. 나는 정말 많은 것을 경험하고 있거든."

스파이

삼촌이 또 왔었지?

정말 나는 많은 것을 경험했습니다. 세 살, 그리고 네 살배기 아이들은 유능한 스파이입니다. 아무도 난쟁이 같은 아이들에게 주의를 기울이지 않거든요. 이런 녀석들은 눈을 동그랗게 뜨고 여기저기 돌아다니며 모든 사람들을 쳐다보지만 아무 것도 이해하지 못하니까 말입니다.

저기 노이만 레오가 그의 애인 모니카를 기다리고 있습니다. 레오는 벽에 기대어 서 있었는데, 이 벽은 아파트 지하로 내려가는 입구와 이어져 있습니다. 세 걸음 정도 앞에 서서 내가 그를 빤히 바라봅니다.

"어, 너냐?"

이렇게 말하고 나서 레오는 담배에 불을 붙인 뒤 기침을 합니다. 그때 모니카가 다가오더니 나를 보고 또 이렇게 말합니다.

"어, 너냐?"

레오는 모니카를 포옹합니다. 두 사람은 계속 키스를 합니다. 그들이 키스하는데 나는 전혀 방해가 되지 않지만, 누군가 계단을 내려오는 소리가 들리면 그들은 번개처럼 빨리 서로 떨어집니다.

글래저 부인이 우편함을 열고 있기에 호기심이 발동한 나는 그녀의 곁으로 다가갔습니다. 마치 아무 것도 모르는 어린아이처럼 서 있으면 글래저 부인은 나를 쳐다보지도 않은 채 이렇게 말합니다.

"네가 꼬마 베른하르트로구나, 그렇지?"

"아뇨, 에버하르트예요."

글래저 부인은 고개를 끄덕이고는 편지 한 통이 자신의 우편함에 잘못 들어왔다는 것을 알게 됩니다.

"맞아, 너는 베른하르트야."

그녀는 다시 말합니다. 그러면 나는 "에버하르트예요"라고 다시 대답합니다. 글래저 부인은 편지를 이리저리 돌려보더니 손톱으로 약간 긁어봅니다. 편지봉투는 제대로 봉합되지 않아서 봉투 속에 들어 있는 편지지를 꺼내 읽어볼 수 있었습니다. 머리를 갸우뚱하고 이맛살을 찌푸리더니 편지를 다시 봉투 속에 넣은 뒤에 제대로 주인을 찾아갈 수 있도록 우편 반송함에 넣어둡니다. 그리고는 또 이렇게 말하지요.

"그래, 베른하르트, 맞아, 그렇지."

전혀 부끄러워하지도 않고 글래저 부인은 사라집니다.

키가 작은 예거 씨는 털이 별로 없는 개, 로비와 같이 계단을 올라가며 수다를 떱니다.

"삼촌이 또 너희 집에 갔었지?"

"아뇨."

"삼촌이란 사람이 엄마한테 자주 오잖아!"

"아닌데요."

"에이, 자주 올 걸 아마?"

"아뇨."

"너 삼촌 없어?"

"없어요. 할머니 한 분만 있어요."

예거 씨는 약간 실망을 합니다. 예거 씨가 우리 집 사정을 훤히 들여다본 것이 아니라, 내가 예거 씨의 심보를 훤히 들여다보았다는 것을 조금도 눈치채지 못하고 말입니다.

아이는 뛰어난 스파이가 될 수 있습니다. 물론 나는 염탐을 좋아하지는 않아요. 하지만 이와 같은 자그마한 사건들이나 관리인 아저씨와의 일은 반드시 기록해야 한다고 봅니다. 나는 기저귀를 차고 다닐 때부터 글을 쓰고 싶어서 다른 사람들을 예리하게 관찰했습니다. 나는 끊임없이 관찰만 했던 것입니다. 마치 마트에 달려 있는 감시 카메라처럼 말이죠. 카메라는 무슨 장면이든 잡히는 대로 모두 보여주잖아요.

한번은 엄마도 마트의 카메라 녹화를 봐야 했답니다. 열 시와 열 시 반 사이에 코앞에서, 그러니까 엄마가 일하는 계산대 앞에서 열 통 이상의 껌이 사라졌기 때문입니다. 절반이 넘게 껌이 차 있었던 판매대에 갑자기 껌 한 통만 달랑 남은 채 텅 비어버린 것입니다. 엄마가 눈치를 챘을 때는 이미 너무 늦어버린 것이었죠. 벌써 세 번이나 반복해서 일어나고 있어서 저녁 때 엄마는 지점장과 함께 녹화 내용을 봐야 했습니다. 나도 같이 볼 수 있었답니다. 그리고 금방 범행을 목격할 수 있었어요. 범인은 계산대 옆으로 줄을 선 사람들 가운데 네 번째로 서 있었던 마지막 손님이었습니다. 그 사람은 껌을 한 통 판매대에서 집더니, 껌 통에 적힌 상표를 읽는 척하면서 왼쪽 외투주머니에 슬그머니 넣어버렸습니다. 이것이 범행의 전모였어요. 기다리던 다른 손님들은 구입한 상품을 계산대에 올려놓고, 엄마는 쇼핑 카터를 비우느라 바빠서 그 밖의 것은 신경을 쓸 수 없었습니다. 그 동안 그 손님은 껌 통을 두 개 더 집었고, 그 뒤에도 두 통과 세 통을, 마지막으로 한 통만 남겨놓고 모두 집어 왼쪽 외투주머니 속에 넣어버렸습니다.

이 손님은 왜 그렇게 많은 껌이 필요했을까요? 나는 이 손님이 누구인지 바로 알아볼 수 있었습니다. 우리 아파트 옆동에 사는 남자로, 아내와 두 명의 자식도 있고, 비싼 자동차인 베엠베(BMW)를 몰고 다닙니다. 찬터러라는 이름의 이 남자는 어떤 전기회사의 지점장이라고 합니다.

마트의 점장님과 엄마는 매우 당황했습니다. 우리는 믿을 수 없어서 다시 한 번 녹화를 보았습니다. 결국 점장님은 찬터러 씨에게 아무런 조치도 취하지 않았습니다.

"그럴 수는 없지요. 체면이 상할 게 뻔한데."

점장님이 말했습니다.

"이해해요. 아내와 아이까지 있는 분이신데요. 잘해야 건물 출입금지 명령만 내릴 수 있겠죠."

엄마가 대답했습니다.

"그런 일조차도 할 수 없어요. 지점장님한테 할 수 없는 일이에요. 일단 그분을 예의 주시합시다. 그러나 아무한테도 이 일을 말해서는 안 됩니다. 아시겠어요?"

엄마는 고개를 끄덕였습니다. 엄마 옆에는 나도 있었지만 점장님은 나에게 아무런 주의도 주지 않았어요.

나는 관찰할 시간이 정말 많습니다. 세 살배기 아이는 학교에 다닐 필요도 없고 직업을 가질 필요도 없으니까요. 유치원은 가지만 아주 성가신 일입니다. 엄마도 갑자기 나와 비슷한 생각이 떠올랐던 모양입니다. 해가 질 무렵 나는 엄마와 대화를 나누었어요.

"유치원!"

엄마가 그렇게 소리를 지르더군요.

"에비, 너한테는 분명 고통스러울 거야."

"고통은 아니야."

내가 말했습니다.

"나도 어린아이들을 좋아해. 하지만 유치원은 나를 끔찍하게 붙들어두지. 이제 곧 읽을 줄도 알게 되면 더욱 끔찍할 거야!"

나는 엄마의 무릎 위에 오랫동안 앉아 있었습니다. 벌써 날이 어두워졌어요. 엄마는 어린아이의 머리로는 이해하지 못하는 모든 것을 이미 내가 알고 있다는 사실을 깨닫게 되자 갑자기 감추고 있었던 감정들이 폭발해버렸습니다. 다른 표현을 할 수가 없군요.

이웃사람인 산드라와 스보보다 부부를 제외하고 엄마는 2년 동안 걱정거리에 관해 얘기를 나눠본 사람이 없었습니다. 외할

아버지와 외할머니는 아주 먼 곳에 계셨고, 친할머니와는 겨우 얘기를 나눌 뿐입니다. 서로 잘 맞지 않았거든요. 하지만 이제는 나와 이성적인 대화를 나눌 수 있게 된 것입니다. 엄마는 아빠와 함께 살았을 때가 얼마나 좋았는지를 말해주었습니다. 살았을 때? 엄마는 과거라는 사실을 강조했습니다. 아빠가 사라진 뒤 엄마는 생활비를 벌어야 했기 때문에 대학을 중도에 포기했고, 힘들었지만 그래도 내가 엄마의 위안이 되었다는 것도 말해주었습니다.

이런 말을 나는 잘 알고 있었습니다. 감동적인 드라마를 보면 항상 이 문장이 나왔지만, 나는 사실 이 말을 좋아하지 않았어요. 하지만 지금 엄마한테서 들은 이 말은 진실임을 알 수 있었습니다. 나는 엄마가 정말 그렇게 생각한다고 느낄 수 있었어요. 엄마는 나를 꼭 껴안더니 머리카락에 부드러운 입김을 불어주었습니다. 그렇게 해주는 걸 내가 좋아했거든요. 이럴 때면 나는 고양이 카를로처럼 코를 골고 싶어집니다.

잠시 후 엄마는 나를 약간 멀리 앉혀두고, 생각을 가다듬더니 이렇게 말했습니다.

"결국에는 너도 좋아하지 않을 거야. 내 말은, 만일 네가 지금 열네 살이나 열다섯 살의 수준이라면, 행복해지기 어렵다는 뜻이야. 나는 물론……."

"엄마, 제발!"

나는 가만히 있을 수 없었습니다.

"제발 그러지 마. 나는 오랫동안, 아니 평생 행복할 거야."

나는 마치 세 살배기처럼 엄마를 꼭 안았습니다. 이번에는 연기가 아니었습니다.

어머니

어머니는 눈으로 웃을 수 있답니다

성숙한 어른들은 시간이란 사라지는 것이라고 말하더군요.

어느덧 나의 다섯 번째 생일이 돌아와 가족들이 축하해주었습니다. 할머니는 나에게 로고가 가득 담겨 있는 상자와 배터리로 움직이는 자동차를 선물해주었습니다. 할머니는 나에게 물었어요.

"에버하르트, 생일 선물로 뭘 받고 싶니?"

사실 나는 외래어 사전이 급히 필요했지만 이렇게 대답했습니다.

"내가 갖고 싶은 것은, 갖고 싶은 것은,"

나는 발뒤꿈치를 들고 총총 걸으면서 똑같은 말을 반복했지요. 그리고는 번개처럼 대답했습니다.

"인형하고 인형을 싣고 다닐 차."

엄마는 웃음을 감추기 위해 머리를 푹 숙인 채 설거지를 하고 있었습니다. 할머니는 내 말을 듣더니 거의 반쯤 기절할 것 같았어요.

"뭐라고, 인형? 이 녀석아, 너는 사내아이야! 인형은 계집애들이나 가지고 노는 거야."

"아냐!"

나는 일부러 꾀꼬리 같은 소리를 내면서 말했습니다.

"남자애들도 다들 인형을 가지고 놀아!"

"나는 그런 꼴 못 봐준다. 암, 암! 누가 뭐래도 내 손자가 인형을 가지고 놀게 할 수 없지! 그건 정상이 아냐!"

할머니는 매우 흥분했습니다.

엄마는 할머니를 진정시키려고 노력했습니다. 요즘 아이들은 아빠들이 갓난아이의 기저귀를 갈아주는 모습을 보고 자란다는 말을 했던 것입니다.

"어머니, 저기 좀 보세요!"

엄마가 창밖을 가리켰습니다. 마침 켈러 씨가 레나테와 어린 데이비드를 데리고 집 주변을 산책하고 있었어요. 레나테는 바퀴가 세 개 달린 자전거를 타고 앞에서 가고 있었고, 그 뒤에서 켈러 씨는 한 손으로 유모차를 끌고 다른 한 손으로 데이비드를 잡고 걷고 있었습니다. 간단한 일은 아닙니다. 한 살 난 데이비드는 걸음마를 배우는 상태였고, 아버지인 켈러 씨는 거의 2미터나 되는 남자였거든요. 그래서 켈러 씨는 몸을 구부정하게 앞으로 굽힌 상태에서 옆으로도 기울여야만 했습니다. 데이비드가 어느 발을 내디뎌야 할지를 몰라 가만히 있을 때면, 켈러 씨는 참을성 있게 몸을 굽힌 상태에서 기다려주었습니다. 켈러 씨에게 힘든 일이지만 이들 가족은 자주 돌아다녔고, 심지어 동네를 한 바퀴 돌 때도 많았습니다.

할머니는 이 광경을 보고 감동을 받지는 않았습니다. 오히려 걱정스러운 표정으로 정상이 아니라는 말을 다시 한 번 했습니다. 이번 기회에 진지하게 말을 하고 싶다고 했어요. 할머니는 정확하게 집어내지는 못했지만, 내가 약간 문제가 있다고 생각했던 것입니다. 그러니 나를 병원에 데려가서, 가령 아빠와 멀리 떨어져 살아서 이상하다고 말해주는 정신과 의사에게 진찰을 받아보라고 했어요. 이 말을 듣자 엄마는 화를 벌컥 냈습니다. 그래서 이 날은 나 혼자 발코니로 나가 할머니에게 손을 흔들어야 했습니다.

늙은 스보보다 씨는 발코니에 앉아서 지팡이를 높이 들었습

니다. 그의 발코니는 우리 집 바로 왼쪽에 있었는데, 그는 나에
게 고개를 끄덕이더니 손수건을 흔들었지요. 그리고 노래를 흥
얼거렸습니다.

할머니는 떠나야 하지,
이별의 시간이 왔거든,
사람들은 그녀에게 작별의 노래를 불러준다네,
잘 살아요 라는 노래 가사가 그녀의 귀에 들리지,
손수건이 바람에 날린다오.

스보보다 씨는 기회가 될 때마다 시를 낭송하거나, 지금처럼
노래를 불렀습니다.
　나는 물론 인형과 인형을 실고 다닐 차도 선물받지 못했고,
대신에 자동차와 로고들만 잔뜩 받았습니다. 상관이 없었어요.
내 침대 밑에 있는 커다란 장난감 통에 모두 넣어버렸으니까요.
　"머지않아 장난감 가게를 열어도 될 거야."
　나는 엄마에게 그렇게 말했습니다.
　"모두 새 제품이고, 손때가 묻은 흔적이 전혀 없거든!"
　나는 빠른 속도로 읽고 쓰기를 배웠으며, 놀이책상 위에는 어
느덧 두꺼운 공책들이 쌓여 있었습니다. 물론 이 모든 것은 엄마

덕분입니다. 그리고 내가 기록하는 모든 것은 엄마가 읽어봐도 된다는 데 우리는 서로 동의했습니다. 내가 엄마를 정말 대단한 사람이라고 생각한다는 내용도 분명 읽게 되겠지요. 그런데 단 하나의 표현을 생각해내기 위해 내가 얼마나 머리를 쥐어짜는지 사람들은 믿지 못할 것입니다.

'대단한'이라는 표현도 바로 그런 예입니다. 나는 비슷한 단어들을 시험해보았어요. 끝내주는, 굉장한, 유일한, 최고의, 환상적인 등등. '대단한'이라는 낱말도 처음에는 진부하게 여겼으나, 사용해보니까 가장 어울리는 표현이었습니다. 산도 정말 대단할 수 있고, 호수와 구름이 떠가는 하늘도 대단할 수 있고, 시나 음악도 마찬가지입니다. 누군가 박수갈채를 보내든 그렇지 않든 상관없는 사물에 이런 표현을 사용합니다. 엄마도 바로 그런 경우입니다. 내가 기록하는 내용은 엄마에게 보내는 최초의 박수갈채니까요. 하지만 산과 바다, 음악과 성당은 아무도 사랑하지 않습니다. 그러니 내가 똑같이 '대단한'이라고 표현하더라도 사물에 사용하는 경우와 엄마에게 사용하는 경우는 분명 엄청난 차이가 납니다.

엄마는 암갈색 눈동자를 가졌고, 눈으로 웃을 수 있답니다. 입은 진지하게 다물고 있으면서도 눈과 눈을 둘러싼 그 밖의 모든 것들은 웃기 시작합니다. 바로 이런 표정이 뭔가 비밀스러운

표시임을 알고 있는 사람은 세상에서 나밖에 없습니다. 이런 엄마의 표정은, 곧 엄마가 나에게 화를 낼 것이며 진지한 말을 하게 될 것이라는 표시랍니다. 그리고 엄마의 눈은 엄마가 화를 약간 낸 뒤에 어떻게 행동할 것인지도 미리 말해줍니다. 나를 포용하고, 들어올리고, 함께 춤을 추고, 그러면 나는 또다시 즐거운 기분이 됩니다. 엄마가 내 머리카락을 입에 대고 바람을 불어주는 행동을 내가 좋아하듯, 엄마도 내가 두 손으로 엄마의 짧은 머리카락을 훑어주는 것을 좋아합니다. 검지로 나는 엄마의 새까만 눈썹을 만져보기도 해요. 이럴 때면 엄마는 안경을 벗고 가만히 있어준답니다. 나는 두 살 때부터 이렇게 하는 것을 좋아했어요. 그러나 다른 사람한테는 절대로 하지 않습니다. 한번은 실수로 나를 안고 있던 할머니한테 똑같이 한 적이 있었는데, 할머니는 금세 고함을 질렀지요.

"오, 내 헤어스타일이 다 망가지겠다! 너는 버릇이 정말 없구나, 에버하르트!"

나이든 스보보다 씨는 나에게 이렇게 말했습니다.

"에버하르트, 네 엄마는 세련된 여자란다."

그리고 그의 아내는 엄마에게 이렇게 말했지요.

"새댁은 예뻐서 많은 여자들이 시기할거야."

엄마의 외모가 뛰어난 줄 전혀 몰랐던 나는 매우 당황스러웠습니다.

엄마는 그다지 크지는 않지만 매우 날씬합니다. 그러나 할머니는 엄마를 두고 자주 "비쩍 말랐다"고 하는데, 한두 마디로도 충분히 상처를 줄 수 있다는 것을 여기서도 알 수 있어요. 할머니는 "비쩍 말랐다"라는 표현을 "너는 아름답지 않아"라는 뜻으로 사용한 것입니다. 남자는 "비쩍 마른" 여자를 좋아하지 않아서 살이 조금 쪄야 한다는 의미이기도 합니다. 여기에서 끝나지 않습니다. 이런 말을 하는 할머니의 심중에는 '내 아들이 갑자기 바람처럼 사라져버린 것도 놀랄 일이 아니야'라는 뜻도 들어 있습니다. 할머니가 생각하지 못하는 것은, 엄마가 아플 수 있다는 것입니다. 또 매우 지쳐버릴 수 있다는 것도요.

저녁에 퇴근하여 집으로 돌아오면, 엄마는 우선 소파에 푹 쓰러집니다. 엄마는 지쳐 있을 뿐 아니라, 허리와 왼쪽 어깨와 목덜미도 아프다고 합니다. 계산대에서 일을 해서 그런 것입니다. 상품을 놓는 벨트가 왼쪽에 있어서 계산을 하려면 엄마는 쉬지 않고 상품들과 병들을 왼쪽 벨트로 들어올려야 합니다. 물건을 밀고 또 돌리기도 해야 하는 까닭에 척추가 상한 것입니다. 일 년 전에는 너무 아파서 울부짖은 적도 있었습니다. 엄마는 의사에게 전화를 하려 들지 않았어요. 하지만 내가 번호를 찾아 전화를 연결해 수화기를 건네주는 바람에 엄마는 하는 수없이 통화를 해야만 했습니다. 의사는 저녁 늦게 우리 집에 왔고 엄마에게 주사를 한 대 놓았습니다.

마요르 박사님은 살이 쪘고 근시가 매우 심하며, 과감한 성격을 가진 여성입니다. 박사님은 자신과 상관없는 일에 대해서도 거리낌 없이 말을 합니다. 하지만 엄마는, 박사님이 호기심이 많거나 수다를 떨고 싶어서 그러는 게 아니라고 생각해요. 환자들이 별로 말하고 싶지 않은 걱정거리라도 마요르 박사님에게는 복통이나 두통 혹은 위통과 마찬가지로 연구해야 할 대상이라는 것입니다. 주사를 한 방 놓은 뒤에 박사님은 엄마의 목덜미를 이리저리 눌러주었습니다. 그리고 엄마의 팔꿈치 아랫부분을 잡고 아주 강하지만 조심스럽게 당긴 뒤 돌리기 시작했습니다. 딱 하는 소리가 들릴 정도였어요. 엄마의 머리도 거의 뽑아버릴 듯이 마사지한 다음 이렇게 물었어요.

"어때요, 아픈 곳이 또 있나요?"

엄마는 신음소리를 내며 대답했습니다.

"아……뇨."

"얼마 동안 이랬어요?"

"남편에게 마지막 소식을 받은 후부터니까, 2년 정도."

"지금 몇 살이죠?"

"스물여섯 살이에요."

"뭔가 조치를 취해야 합니다."

마요르 박사님은 그렇게 말하며 피곤한지 몸을 앞으로 구부렸습니다.

"우선 뻣뻣해진 근육은 그냥 두면 안 돼요. 균형을 찾을 수 있는 체조가 필요합니다. 마사지를 열 번 받을 수 있는 처방전을 쓸게요. 그런데, 남편과 함께 떠났던 두 명의 동료는 어떻게 되었어요?"

"한 사람은 2년 반 전에 다시 돌아왔어요. 그 사람은 우리만큼 아무 것도 모르더군요. 다른 사람은 캐나다 사람인데, 어디에 있는지 대학에서도 모른다고 하더군요."

"대학은 몇 학기를 다녔지요?"

"7학기 때 그만두었어요."

"힘들겠지만, 공부를 다시 해보세요."

"그래야죠."

엄마는 친절하게 대답했지만 과연 그렇게 할 수 있을지 스스로도 의심스러운 듯했습니다.

"돈 때문인가요?"

"음……"

엄마는 분명하게 대답하지 않았습니다.

"훨씬 나아졌죠?"

박사님은 그제야 엄마를 놓아주었습니다.

엄마는 조심스럽게 머리를 움직여 보더니, "정말 그래요"라고 놀라면서 대답했습니다.

마요르 박사님은 엄마의 어깨를 툭 치더니 말했습니다.

"이제 그만 합시다! 에버하르트는 올해 엄청 자랐네요. 곧 유아기와는 작별하겠군요. 그렇죠?"

나는 한쪽 어깨를 들어올리고 박사님에게 미소를 지어보였습니다.

"게다가 애교까지 부릴 줄 아네요."

마요르 박사님은 똑같은 어조로 또 말했습니다.

"이 녀석, 평발입니다."

"박사님한테는 네 꾀가 통하지 않더라."

엄마는 나중에 이렇게 말했습니다.

"근데 애교를 부린다는 게 뭐야?"

나는 물었습니다.

이처럼 나는 물어볼 게 많았습니다. 그러면 엄마는 이런 말을 합니다.

"넌 마치 스펀지 같아. 모든 것을 빨아들이잖아."

나는 하루 종일 궁금한 질문들을 적어두었다가 저녁에 엄마가 집에 돌아오면 물어봅니다. 귀찮아서 짜증을 내는 경우도 많았지만 엄마는 한 살배기 아들인 데이비드를 데리고 산책을 하는 켈러 씨처럼 인내심이 많습니다. 엄마는 나를 위해 가능한 한 많은 책들을 찾아보는데, 최근에는 이러다간 교양인이 되어버릴 것 같다는 말을 하더군요. 또 이런 말도 했습니다. 나는 매우 난해한 질문을 하지만, 그래도 항상 너댓살 아이가 전형적으로 하는 질문도 섞여 나온다고 말입니다.

어제 내가 엄마한테 물어보았던 질문 목록을 소개할까 합니다.

베르케만 부인은 왜 사팔뜨기야?

텔레비전에서 해주는 일기예보는 왜 맞지 않을까?

왜 발가벗고 다니면 안 돼?

점잖지 못한 농담이란 뭐지?

독서 장애란?

우리 집 제라니움은 왜 죽어가?

무엇이 저급한 것이고 왜 그런거야?

글래저 부인은 왜 건전한 이성을 가지고 있다는 거지?

추잡스럽다는 것은 무슨 뜻?

왜 여자들은 기관사가 될 수 없어?

대문에 달려 있는 자물쇠는 어떻게 작동해?

프리메이슨 단원을 알고 있어?

이 사람들은 무슨 일을 해?

키치란 뭘까?

식물을 먹고 사는 뱀도 존재할까?

늙은 사람들도 결혼할 수 있는거야?

마초가 뭐지?

밥 딜론은 누구?

왜 나폴레옹을 영웅이라고 불러?

독서 장애라는 단어는 직접 사전을 찾아서 알 수 있었지만, 마초는 외래어 사전에도 나오지 않았습니다. 엄마는 이렇게 설명해주었어요.

"자부심을 가질 게 하나도 없으면서 오로지 자신이 남자라는 사실에 대해 자부심을 갖는 인간이야. 어쨌든 여자들을 이류로 보는 남자란다."

"여자는 부엌일이나 해야 해. 이렇게 말하는 남자?"

"맞아, 그것도 한 예가 돼. 누가 그런 말을 하던?"

"예거 씨가 크라네비터 부인한테 그렇게 말했어."

"너도 그런 말을 하잖아."

엄마가 말했습니다.

"하지만 나는 마초가 아냐. 아직 내 정력으로는 부족해."

"그게 무슨 말이니?"

"브로크하우스 사전이 필요하다고. 책꽂이에 있는데 너무 무거워서 나 혼자 들 수가 없어."

엄마는 그 사전을 가져다주었습니다. 그리고 말했어요.

"다섯 살 아이가 이런 사전을 어떻게 들겠니. 못 드는 게 당연하지. 게다가 정력이라는 말은 전혀 다른 뜻을 가지고 있어."

"정력이 뭔데?"

나는 또 질문했습니다.

이런 식으로 나는 낮이고 밤이고 엄마에게 질문을 했습니다. 내 몸에 대해서 말할 것 같으면, 아주 정상적으로 성장하고 있었습니다. 동갑내기에 비해서 특별히 더 성장한 것이 없었어요.

"어쨌든 이 점은 다행한 일이야."

나는 엄마에게 말했습니다.

"상상해봐, 만일 내 몸도 성장이 빨라서 사춘기에 있다고 말이야. 그래서 열대여섯 살 난 여자애들을 좋아한다면? 이렇게 멜빵바지를 입고서!"

"아유, 끔찍해라!"

엄마는 상상만 해도 몸서리가 처지는지 질색을 했습니다.

물론 엄마도 내게 몇 가지를 배웠는데, 특히 연기를 꼽을 수 있습니다. 이제 엄마도 나처럼 연기를 곧잘 한답니다. 나에 대해서 엄마에게 솔직히 고백한 뒤, 우리 두 사람은 서로 합의를 보았습니다. 아무도 우리의 비밀을 알아서는 안 된다는 것이죠. 그렇게 되면 문제만 생길 뿐입니다. 사람들이 쑥덕거릴 것이고, 시기심도 느낄 것이며, 또한 남의 불행을 고소해하는 마음도 가질 수 있습니다. 대단한 재능이 있거나 일찍부터 너무 재능이 있는 사람은 가능한 한 이것을 감추는 게 최고입니다.

백조

우리는 여기 다시 와도 될까?

나는 엄마와 대화를 하면서 소소한 볼거리를 자주 만들어내고는 합니다. 이럴 때 다른 사람들은 영문을 몰라 멍하니 쳐다보거나, 혹은 아무 것도 모르지만 장단을 맞춰주기도 합니다. 내 생일에 나는 이렇게 말했습니다.

"나는 과자, 케이크, 생크림, 아이스크림을 모두 먹고 싶어. 나는 어린아이잖아!"

"좋아. 하지만 그렇게 먹고 나면 나중에 속이 안 좋을 거야. 그래도 할 수 없지. 아이들은 늘 그러니까."

엄마가 말했습니다.

"나는 멍청한 아이가 아냐."

말을 마치자 엄마는 내 손을 잡고 성(城) 안에 있는 커피숍으로 갔습니다. 그곳에서는 사람들이 연못 주변에 앉아 백조들에게 먹이를 주고 있었습니다. 엄마는 내가 좋아하는 파란색 옷을 입고 있었고, 나는 호두가 들어 있는 케이크와 생크림을 얹은 아이스크림을 먹었지만 속이 이상하지는 않았습니다. 우리는 딱 붙어 앉아 온갖 얘기를 나누었어요. 마치 서로 좋아하는 이성적인 두 사람 같았지요.

여종업원이 왔다갔다 하면서 나를 신기하게 쳐다보았습니다. 왜냐하면 나는 보기 드물게 점잖은 아이였거든요.

"어린 신사분이네."

여종업원은 내 머리를 쓰다듬으며 말했습니다.

"정말 작은 신사 같아."

엄마는 자랑스러운지 미소를 띠며 나에게 조용히 물었습니다.

"나와 함께 탱고를 추지 않으실래요?"

옆식탁에는 여자아이가 앉아 있었는데, 나와 비슷한 나이였습니다. 이 아이는 부모와 함께 있더군요. 아이는 백조에게 먹이를 주고 싶어 했지만, 아이의 엄마는 우선 케이크부터 먹어야 한다고 했습니다. 그런 뒤 백조에게 먹이를 줄 수가 있다고요. 아이의 아빠는 신문을 읽고 있었어요.

케이크야 그대로 놔두어도 식지 않을 것인데, 케이크를 먼저 먹고 백조에게 먹이를 주든, 아니면 그 반대로 하든 무슨 차이가 있겠나 싶더군요. 하지만 아이는 끝까지 백조에게 먹이를 먼저 주겠다고 했고, 아이의 엄마 역시 고집을 꺾지 않고 케이크부터 먹으라고 했습니다. 아이의 아빠는 신문만 계속 읽고 있더군요. 곧 옆자리가 점점 시끄러워지더니 아이가 악을 쓰며 울기 시작하자 아이의 엄마가 말했습니다.

"저기 좀 봐. 저 소년은 얼마나 얌전하니!"

그러자 여자아이가 나에게 혀를 쏙 내밀었고, 아이의 엄마가 또 핀잔을 줍니다.

"너는 왜 저기 소년처럼 점잖게 굴지 않는 거니?"

아이의 아빠는 여전히 신문에서 눈을 떼지 않았는데 갑자기 아이가 커피 잔을 던져버렸답니다.

"이게 무슨 짓이야? 그러면 너를 이곳에 내버려두고, 저기 저 소년을 데리고 집으로 갈 거야!"

나는 엄마를 바라보며 말했습니다.

"화내지 마, 가만히 있을 수 없으니까."

엄마는 나만 알아차릴 수 있는 눈짓을 해주었고, 나는 앉아 있던 의자 위로 올라가서 고함을 질렀습니다.

"에이 씨팔!"

한순간 모든 손님들이 쥐죽은 듯 조용해졌습니다. 여자아이의 아빠조차도 신문을 읽다 말고 얼굴을 들었지요. 우리 엄마가 차분하지만 진지한 모습으로 나를 설득했습니다. (물론 실제로는 이렇게 말했어요. "우리 여기 다시 와도 될까? 오늘 이야기를 아무한테도 얘기할 수 없으니까 정말 답답해!") 모든 손님들이 우리를 바라보았지만 나는 의자에서 내려와 차분히 우유를 마셨습니다. 옆 식탁에 있던 여자아이는 잔뜩 인상을 찌푸리더니, 아무 말도 하지 않고 조용히 빵을 가지고 연못으로 가 백조에게 먹이를 주었습니다.

　　엄마가 계산을 하고 있을 때, 여종업원은 또다시 내 머리를 쓰다듬으며 이번에는 이렇게 말했지요.

　　"알고 보니, 구두의 혀가 있는 신사더구나."

　　집으로 돌아오는 길에 나는 엄마에게 물었어요.

　　"구두의 혀가 뭐야?"

　　엄마는 모르겠다고 대답했습니다. 나는 집에 와서 바로 사전을 찾아보았지요. 구두의 혀란 구두에 있는 가죽이며, 구두를 신고 나면 사람들은 이 가죽을 밑바닥에 넣는다고 합니다. 구두의 혀가 있는 신사란 가죽을 축 늘어뜨린 채 돌아다니는 신사로, 한마디로 말하면 사소한 단점이 있는 신사를 말하더군요. 사실 나는 그런 사람입니다. 겨우 다섯 살인데 더 이상 무얼 바라겠어요.

호두가 들어 있는 케이크, 아이스크림과 생크림을 얹어 푸짐하게 먹을 수 있었던 기회는 그때가 마지막이었습니다.

다음 날 나는 마요르 박사님을 분수대에서 만났습니다. 지나가는 박사님에게 인사를 하자 뒤에서 부르는 소리가 들렸습니다.

"에버하르트, 너 너무 뚱뚱해지고 있다고 엄마에게 꼭 말해. 무슨 말인지 알겠지?"

"예? 아……, 예."

나는 깜짝 놀라서 대답했습니다.

엄마에게 박사님의 말을 전해주었습니다.

"어쩌면 마요르 박사님은 꼭 그렇게 말씀하시는지."

엄마는 말을 하고 난 다음 나를 훑어보더군요.

"진작에 그럴 줄 알았지."

하지만 나는 수긍하고 싶지 않았습니다.

"너무 뚱뚱하다니, 말도 안 돼! '다섯 살 아이'란 한창 살도 찌는 나이라고. 적어도 나는 그렇게 알고 있단 말이야. 내년에는 키도 훌쩍 크게 될 거야."

나는 장담했지만 아무런 소용이 없었습니다.

"아냐, 에버하르트. 너는 너무 많이 먹고 있어!"

엄마는 인정사정없는 목소리로 말을 한 뒤 마요르 박사님과 전화통화를 했습니다. 나는 전화기에 내 귀를 바짝 대고 같이 들었어요. 박사님은 1미터 10이라는 숫자와 20킬로라는 말을 했고, 언뜻 들어보니 전혀 해롭지 않을 것 같은 충고를 해주었습니다. 즉, 지방과 탄수화물을 줄여야 하고, 편식은 안 되며, 배를 곯게 해서도 안 되고, 평지가 아닌 곳에서 많은 운동을 해야 한다는 것이었습니다.

"그게 다란 말이지?"

나는 만족스럽게 말했습니다.

하지만 엄마는 박사님의 말을 일상생활에서 사용하는 쉬운 말로 다시 설명해주었습니다. 그제야 나는 분명하게 이해할 수 있었죠. 알고 보니 아주 잔인한 충고였던 것입니다. 즉, 내가 제일 좋아하는 음식을 먹어서는 안 되는 거였어요. 호두 케이크도 안 되고, 고깃덩이가 들어 있는 콩 수프도 안 되고, 감자튀김과 스파게티도 먹어서는 안 된다는 것이었죠.

"그럼 나는 앞으로 어떻게 살아가라고?"

나는 놀라서 물었습니다.

그러나 그럭저럭 잘 살아갈 수 있었습니다. 엄마는 항상 새로운 요리를 만들어주었거든요. 채소, 과일, 닭고기, 생선, 적은 지방과 요구르트를 넣어서 말입니다. 가끔은 과자도 얻어먹을 수 있었고 버터를 바른 잡곡 빵도 먹을 수 있었습니다. 물론 아주 드문 경우였지만요.

내가 체중을 줄여야 한다는 말을 듣고서 할머니는 즉시 고함을 질렀습니다. "그 따위 아무 것도 모르는" 의사한테는 절대 가서는 안 된다고요. 그리고는 케이크와 과자를 가져와서 내 앞에 두고, 할머니가 보는 앞에서 먹으라고 했습니다. "멀리 떨어져 있는 아비를 생각해서라도 이 불쌍한 자식을 우리가 잘 먹여야지"라고 말했습니다.

할머니는 입이 짧은 아이에 관한 동화책을 읽어주면서 다이어트용 치즈가 들어 있는 내 빵을 빼앗아갔습니다. 그리고는 비쩍 마른 사람들처럼 못생기길 원하느냐고 나에게 물었을 때, 마침내 싸움이 벌어졌습니다.

이날은 발코니에서 할머니의 미니차를 향해 손을 흔들어주는 사람은 아무도 없었습니다.

이웃 사람들

울퉁불퉁한 땅에서 하는 운동

켈러 씨가 엄마를 찾아왔습니다. 나는 문틈으로 두 사람이 하는 얘기를 엿들을 수 있습니다. 나는 막 《차이트》 신문의 마지막 쪽을 읽고 있던 참이었지요. 아마 이 신문을 처음부터 끝까지 읽는 유일한 독자는 나밖에 없을 것입니다. 게다가 이 신문은 너무 커서 항상 바닥에 펼쳐두고 읽어야 합니다.

켈러 씨는 엄마에게 부탁이 있다고 하더군요. "무엇보다 댁의 아드님 에버하르트에게" 부탁이 있다고 했습니다. 보통 어른들이라면 다섯 살짜리 아이에게 진지하게 부탁을 하는 경우는 없습니다.

켈러 씨 부부는 딸 레나테 때문에 걱정이 많다는 것입니다. 녀석은 다섯 살인데, 정확하게 말하면 다섯 살 하고 반년이 되었다고 합니다.

"아주 명랑한 아이였는데 몸이 아프게 되었어요. 세 살 때였지요. 거의 일 년을 앓았습니다. 그리고 그때부터 아이가 사람을 피하더니 멍하게 몇 시간이든 가만히 있답니다. 그러니 우리가 어떻게 걱정을 안 할 수가 있겠어요? 정신과 의사는 다른 아이들, 특히 동갑내기들과 어울려야 한다고 충고합니다. 다른 아이들과 어울려야 많은 것을 배울 수 있고, 또 조금 더 적극적이 될 수 있다고 말이지요."

켈러 씨는 여기까지 말을 하고 입을 다뭅니다. 아마 엄마가 그에게 버터우유를 한 잔 내놓았겠죠. 이맘때쯤이면 우리는 항상 버터우유를 마시거든요. 켈러 씨는 엄마에게 더 이상 얘기를 하지 않았습니다. 주변에 사는 사람들은 모두 레나테가 어떤 아이인지 아니까 말이지요.

"하지만……,"

켈러 씨는 뜸을 들이더니 잠시 조용해집니다. 잔을 식탁에 내려놓는 소리가 들립니다. 윗입술 위에 있는 수염에 분명 우유를 묻혔을 겁니다.

"하지만 간단하지는 않아요. 오히려 정반대랍니다. 주변에

52

사는 다른 아이들은, 물론 저는 이해합니다만, 우리 레나테를 좋
아하지 않아요. 창백하고 멍청하다며 오히려 멀리하죠. 그래서
레나테는 다른 아이들을 무서워하고 점점 더 폐쇄적으로 되어갑
니다."

켈러 씨는 잠시 말을 중단합니다. 그러자 엄마가 말문을 엽니
다.

"에버하르트와 있으면 그렇지 않을 수도 있다는 말씀이신가
요?"

"예, 예. 제 아내와 저는 그렇게 생각합니다. 댁의 아드님은,
뭐라고 해야 할까요? 아주 조용하고, 친절하고, 또 사려가 깊다
고 할까요? 예, 바로 그렇습니다."

"우선 아이에게 물어보도록 하죠."

엄마는 곧장 나를 부릅니다.

나는 거실로 나가서 수염에 우유가 묻은 켈러 씨에게 인사를
합니다. 그는 세 개의 손가락으로 내 손을 잡지만 그것만으로도
충분합니다. 그의 손은 무지 커서 분명 피아노 건반을 한 옥타브
반 정도는 잡을 수 있을 것입니다. 켈러 씨는 음악가거든요.

켈러 씨는 가끔 내게 자신의 집에 와서 레나테와 같이 놀지
않겠느냐고 묻습니다. 나는 읽다 만 신문을 떠올리며 쓸쓸함을
느끼지만, 이렇게 대답합니다.

"지금 가도 돼요?"

이때부터 나는 켈러 씨 집에 자주 갔습니다. 레나테와 나는 밖에서 뛰어다니기도 하고 공놀이도 합니다.

"너한테도 좋은 일이야. 너도 항상 집안에만 틀어박혀 있잖아. 너도 알지?"

엄마가 말합니다.

"그래, 알아! 울퉁불퉁한 곳에서 운동을 해야 한다고 박사님이 말했지."

나는 정말 놀다가 지쳐서 땀을 잔뜩 흘리기도 하고, 누군가 우리와 함께 놀려고 하면 넓은 마음으로 받아주기도 합니다. 서너 명의 아이들과 세발자전거나 장난감 자동차를 타면서 같이 놀기도 했습니다. 내가 모든 것을 지휘해서 레나테를 항상 끼워 준답니다. 레나테에게 내가 도움이 되는 것은 분명합니다. 그 동안 나는, 레나테가 그림 그리는 것을 좋아하고 잘 그린다는 사실도 알게 되었어요.

"어떻게 그려?"

내가 물었습니다.

"뭘?"

"모든 게 다 정확하잖아."

"몰라."

레나테는 이렇게만 대답합니다.

"나한테도 가르쳐줘."

정확하게 설명해달라고 요구하자 레나테는 그림 그리는 방법을 보여줍니다. 그리고 나는 계속 질문을 던집니다. 내 질문에 대답을 해야 하니까 레나테는 말을 계속 해야 합니다. 레나테는 이제 많이 명랑해진 것 같아요. 웃으면 아주 예쁩니다.

켈러 씨 부인은 나를 "사랑스럽고 또래 아이들보다 훨씬 성숙한" 아이라고 엄마한테 말을 했습니다. "우리 레나테와 놀아줘서 너무나 감사해요. 우리 집에 놀러 오는 것도 좋아하죠? 그렇죠? 레나테 동생 데이비드에게도 어찌나 친절하게 구는지." 그리고 마지막으로 이렇게 덧붙였습니다. "그래요, 정말 사랑스럽고 똑똑한 아이랍니다. 댁의 아들 에버하르트 말이죠. 신이 보살펴주기를 바래요."

켈러 씨 부인은 평소 그런 식으로 말을 한 적이 없었습니다.

엄마는, 켈러 씨 댁의 사정이 요즘 어려운 것 같다고 말합니다. 이사 가지 않고 계속 살 수 있을지조차 불확실하다고 켈러 씨 부인이 엄마에게 말해주었답니다. 집세를 내는 것도 힘이 든다고 말이죠.

그렇다면 우리에게도 유감스러운 일이 될 것입니다. 그들은 좋은 이웃이며, 친절한 사람들이거든요. 그런데 친절하다는 것

은 무슨 뜻일까요? 이 낱말은 스펀지와 같습니다. 나는 항상 이 말을 듣거든요. 이렇게 해주시니 어찌나 친절한지, 친절한 사람 등등. 하지만 켈러 씨 가족을 표현하기에는 적합하지 않아요. 그들은 그냥 좋은 사람들입니다.

이때 나는 단어들을 배우느라 정신이 없었습니다. 많이 읽고 새로운 것을 빨리 습득하면, 습득한 단어를 엉뚱하게 사용할까 봐 무서울 때가 있습니다. 그래서 공책에다가 내가 모르는 단어들과 문장들을 적어두었습니다. 어떤 것에는 설명도 달아놓고요. 예를 들어 이런 식이랍니다.

슈퍼마켓 앞에 붙어 있는 표현: '우리 직원들은 도난에 관한 교육을 받았습니다!' (우리 엄마가 아니라 껌을 훔쳐간 찬터러 씨가 받아야겠지요.)

광고용 종이에 적혀 있는 글: '새롭게 문을 연 우리 스튀블 레스토랑은 손님들께 최고의 음식을 제공해드립니다. 끝내주는 와인, 따뜻하고 찬 뷔페음식, 우리 집에서 직접 도살했음.' (끔찍해요!)

신문에 실린 기사: '미국에서는 현재 웰빙과 건강관련 산업이 창궐하고 있다.' (새로운 전염병인가?)

로마에 있는 우리 특파원: '하필이면 교황께서 남아메리카의 사태를 평화적으로 해결하기 위해서 나섰습니다.' (그러면, 교황

이 어떻게 해야 하는데?)

도서실에 있는 잡지: '세상의 모든 일처럼 책도 두 가지 측면이 있다.' (2쪽 밖에 안 되어 신속하게 통독했음.)

아이들을 위한 수영장이 마련되자 이에 관한 시청의 의견: '이제 어린아이들은 실내에 마련된 바다에서 수영을 즐길 수 있게 되었습니다.'

건축가 바그너 시니어의 아들 바그너 주니어에 관한 기사: '그가 지은 집들은 아버지의 집에 의지하고 있다.'

부고 난의 기사: '교수 F는 수년 동안 고통 속에 살다가 마침내 아내를 잃어버렸다.'

엄마는, 모든 것이 나에게는 새롭기 때문에 그런 문구들이 내 눈에 띄는 것이라고 말합니다. 엄마는 다른 독자들처럼 엄마도 그런 기사들은 읽지 않고 그냥 넘어간다고 합니다. 나 역시 언젠가는 그렇게 될 것이라고 말해주면서요. 그리고 언젠가 우리 모두는, "나도 알아, 그 소식은 정말 끔찍하더군"이라고 무관심하게 지나칠 것이라고 하더군요.

엄마는 여러 종류의 신문들을 구입합니다. 돈이 많이 들겠지만, 나를 위해서 그렇게 합니다. 할머니는 싸구려 대중잡지를 읽지요. 그런 잡지로는 종이 모자조차 만들 수 없어요.

묘지에서 노래하는 가수

알겠습니다. 하나의 착각

켈러 씨 가족은 걱정거리가 있습니다. 켈러 씨는 극장에 속해 있는 합창단의 음악가이자 가수였어요. 그래서 이 가족은 우리 동네에 집을 얻을 수 있었습니다. 하지만 합창단이 해체되었고, 그때부터 켈러 씨는 생계를 위해 노래를 부르며 먹고 살아가고 있습니다.

어제 켈러 씨 집에 초인종이 울렸습니다. 켈러 씨 부인은 데이비드를 안고 나갔고, 켈러 씨와 레나테 그리고 나는 피아노 밑에 앉아서 레고를 쌓고 있었습니다. 바깥에서 나누는 대화가 그대로 다 들렸습니다.

"누구세요?"

"세무서에서 왔습니다. 여기 제 증명서를 보시지요. 확인할 게 있어서 들렀습니다."

"금방이면 끝납니다."

세무서에서 온 사람은 그렇게 말했어요.

"나는 세무서 소속 검사관 하벨이라고 합니다. 여기 이 사람 은 제 동료 노박이지요. 안으로 들어가도 될까요?"

"오, 이럴 어쩌지?"

켈러 씨는 그렇게 말하고 잠시 우두커니 서 있더니 아내에게 누가 왔느냐고 물었습니다.

"세무서에서 왔다는데요."

"어서 오십시오."

켈러 씨는 세무 공무원들에게 인사를 한 뒤, 우리에게는 금방 돌아와 기차역을 만들자고 했습니다.

"씨팔, 기차역!"

엄마의 팔에 안겨 있던 데이비드가 크고 또렷한 목소리로 말 했습니다.

"이를 어쩌나? 죄송합니다! 아이가 어디서 욕을 배워 와서 는……."

켈러 씨 부인은 매우 창피해했습니다.

"괜찮습니다."

공무원은 몸을 약간 숙이며 말했습니다.

켈러 씨는 우리와 함께 앉아 있다가 일어났는데, 일어나는 과정이 정말 길었습니다. 그래서 그런지 공무원 두 사람은 놀란 눈으로 켈러 씨를 계속 쳐다보았습니다.

잠시 후 공무원은 정신을 가다듬고 말했습니다.

"그러니까,"

그는 말을 시작하면서 서류 가방에서 서류를 꺼냈습니다.

"당신은 예술가라고 여러 차례 밝혔습니다만, 그에 대한 증거가 없어서 말입니다."

켈러 씨의 표정이 어두워졌습니다.

"제가 그것을 증명하지 못하면요?"

"그러면 당신은 자영업자에 속하게 되고 자영업자들에게 해당하는 세금을 내야 합니다."

"어떻게 증명할 수 있을까요?"

공무원은 잠시 고민을 했습니다.

"당신이 그린 그림을 볼 수도 있습니다."

그는 이렇게 말하고 거실을 둘러보았습니다.

"그림을 볼 줄 아십니까?"

켈러 씨가 물었습니다.

검사관은 켈러 씨의 키를 어림짐작으로 계산해보는 것 같았습니다.

"예술품인지 아닌지 정도는 알 수 있습니다. 그 점에 대해서는 저희들을 믿어도 됩니다."

그는 벽에 걸린 그림을 눈으로 훑어보았습니다.

"흐음."

하지만 그는 아무 말도 하지 못했습니다. 그것이 예술적인 그림인지 아닌지 몰랐던 것입니다.

그때 켈러 씨가 말했습니다.

"나는 화가가 아니라 음악을 하는 사람입니다."

검사관은 놀라서 위를 쳐다보았고, 노박 씨는 비난에 찬 시선으로 노려보더니 고개를 절레절레 흔들었습니다.

"아!"

검사관은 가슴에 달린 주머니 속에서 안경을 꺼내 서류를 다시 읽어보았습니다.

"아, 이런 실수를. 화가는 다른 마을에 사시는군요. 이런 실수를 했군요. 음악가시네요."

"가수입니다."

"그럼, 음악가가 아니라 가수라고요?"

검사관의 동료 노박 씨는 또다시 머리를 절레절레 흔들었습니다.

"음악가들이 모두 가수는 아닙니다. 하지만 가수는 모두 음악가라 할 수 있지요."

켈러 씨는 또박또박 설명해주었습니다.

한동안 모두가 검사관만을 뚫어지게 쳐다보았습니다.

"음, 그런 차이가 있었군요."

검사관이 마침내 입을 열었습니다.

"예, 그렇군요."

노박 씨가 처음으로 입을 열고 하는 말이었습니다.

공무원은 가방에서 다른 서류를 꺼내어 읽더니 고개를 끄덕이며 말했습니다.

"여기에 기록되어 있기를, 당신은 묘지에서 노래를 부른다고요."

"항상 그렇지는 않습니다."

"왜요?"

"장례식이 있을 때만 그렇죠."

"오!"

검사관은 푸른빛이 나는 자그마한 책의 책장을 계속 넘기더니 갑자기 멈추었습니다.

"이거 죄송한데, 묘지에서 노래를 부르는 것은 예술행위에 속하지 않네요."

"아니라고요?"

"예, 아닙니다."

검사관은 큰 소리로 해당 조항을 낭독해주었습니다.

"묘지에서 노래를 부르는 가수의 활동은 예술의 영역에 속하지 않는다. 따라서 예술적이라 평가할 수 없다. 장례식은 예술적인 행사의 성격을 띠지 않는다."

그리고는 관련되는 조항을 열거했습니다.

"맞습니다."

노박 씨가 맞장구를 쳤습니다.

검사관은 켈러 씨를 올려다보며 물었습니다.

"어떻게 생각하십니까?"

"법이 무언가 잘못된 것 같군요. 가수라고 하면 어디에서든 예술적으로 노래를 합니다. 오페라에서든, 콘서트홀에서든 심지어 묘지에서든 말이죠. 게다가 저는 묘지에서만 노래를 하는 것도 아닙니다."

"그밖에 어떤 곳에서 노래를 합니까?"

"욕실에서요."

레나테가 대답을 하자 검사관이 친절하게 미소를 지었습니다.

"항상 틀리게 노래를 해요."

레나테는 이 말을 하면서 약간 깡충 뛰었습니다.

"당신은 가수인데 틀리게 노래를 한다고요?"

두 명의 공무원은 못마땅하다는 듯 고개를 흔들었습니다.

"아이들을 재미있게 해주려고 그런 거예요."

"음악적인 재능이 있는 사람이 일부러 틀리게 노래하기란 정말 쉽지 않아요."

켈러 씨 부인이 다소 비난 섞인 어조로 말했습니다.

"내 남편은 최고의 청력을 가진 사람이라고요."

노박 씨는 놀란 듯 켈러 씨의 귀를 한참 올려다보았습니다.

검사관도 한동안 생각에 잠겼습니다.

"그 참, 어쩔 수가 없군요. 저희도 좀더 정확한 증거를 수집하기 위해 이곳에 들렀을 뿐이거든요. 그렇다면……, 제 말은 당신이 화가라면 그림을 보고 평가를 내릴 수 있겠지만."

"노래를 불러볼까요?"

"그것도 좋은 생각입니다!"

"부르지 않을 이유가 없지요. 그럼, 자리에 앉으시죠."

공무원들이 소파 가장자리에 나란히 앉았습니다. 켈러 씨는 한 걸음 앞으로 걸어 나가더니 노래를 부르기 시작했습니다.

두 남자는 당황하는 기색이 역력했답니다. 마르고 키가 큰 남자에게서 거의 완벽한 베이스음이 흘러나왔고, 이 음은 책장에 진열해둔 술잔을 흔들기 시작했기 때문입니다.

노박 씨가 문을 열어둔 채 집안으로 들어왔기 때문에, 몇몇 이웃사람들도 밖에서 노래 소리를 들을 수 있었습니다. 특히 예거 씨와 그의 개 로비는 밖에 서 있다가 안을 들여다보기까지 했습니다.

켈러 씨는 묘지에서 부르는 노래 가운데 하나를 골라 너무나 아름답게 불렀습니다. 그는 멜로디가 아닌 4중창 가운데 네 번째 목소리 부분을 불렀던 것입니다.

켈러 씨는 차분하게 자신이 맡은 부분을 노래했고, 다른 세 명의 목소리가 없는 가운데 그의 목소리는 아주 독특하게 들려 왔습니다.

"페터!"

켈러 씨 부인이 노래하는 남편의 소매를 당겼습니다. 하지만 이미 너무 늦어버렸습니다. 어린 데이비드가 입을 삐죽이며 숨을 깊게 들이쉬었던 것입니다. 그리고 너무나 슬프다는 듯 큰 소리를 내며 울기 시작했습니다.

"내가 노래를 부르면 이 녀석은 항상 슬퍼합니다."

켈러 씨는 사과를 했습니다.

"특히 묘지에서 부르는 노래를 들으면 그렇답니다. 그래서 연습할 때 약간 방해가 되고는 하지요."

"감정이 풍부한 아이로군요."

검사관은 감동을 받은 듯 했습니다.

"좋아요, 의심할 바 없이 당신은……."

그는 약간 생각을 하더니 입을 조금 벌려서 다시 말을 했습니다.

"감히 말씀드리자면, 당신은 축복받은 목소리를 가지신 분입니다."

노박 씨도 열정적으로 고개를 끄덕였습니다.

"여기에서 공무를 마쳐야겠습니다. 물론 조금 더 노래를 듣고 싶기는 하지만 말입니다." 검사관이 웃자 그의 동료도 따라 웃었습니다.

"어쨌거나 우리는 공무원이니 일을 해야 하거든요. 켈러 씨, 당신은 예술가가 분명합니다."

"오, 고맙습니다."

켈러 씨가 약간 쑥스러운 듯 대답했습니다.

"자영업자가 결코 아니라는 말이죠. 정식으로 서류를 보내드리겠습니다. 세무서에서도 물론 그 서류를 보관할 것이고요."

"씨팔 세무서!"

데이비드가 말했습니다.

검사관은 문을 나가다가 뒤를 돌아보더니 다시 한 번 "감동 받았습니다"라는 말을 남기고서 밖으로 나갔습니다.

연기하기

나 좋아해, 에버하르트?

엄마는 내가 켈러 씨 집에서 경험했던 이야기를 기록한 글을 읽고 나서 이렇게 말했습니다.

"이건 정말 제대로 된 이야기구나."

"그건 이야기가 아니라, 실제로 일어난 일이야."

"그래, 이야기라는 표현은 실제로 일어난 일에서 나온다는 뜻이야."

엄마의 대답에 나는 당황했습니다. 이 점에 관해서 생각해본 적이 없었거든요.

이와 같은 '이야기'로 글쓰기가 시작되었습니다. 나의 여섯

살 이야기이지만, 나 자신에 대한 이야기가 아니라 베스트슈타
트에 사는 주민들과 이 도시에 관한 이야기입니다. 아니, 우리
가 살고 있는 베스트슈타트라는 도시 중 일부에만 해당되는 이
야기라고 할까요. 그리고 이 해에는 정말 많은 사건들이 일어났
습니다.

　우리는 분수대 놀이터 광장에 인접해서 살고 있습니다. 분수
가 있는 까닭에 광장의 이름도 '분수대 놀이터' 라 붙여졌어요.
물줄기는 끊임없이 다양한 방향으로 움직이고 온갖 형상을 만
들어냅니다. 분수대 주변은 잔디와 덤불들이 있으며, 여기저기
에 벤치랑 어린아이들이 놀 수 있는 모래놀이터도 구비되어 있
습니다.

　광장 한켠에는 우리가 살고 있는 아파트를 포함해서 세 동의
아파트가 서 있고, 이 건물 왼쪽에는 휘어진 모양으로 방갈로식
주택들이 연결되어 있습니다. 아파트의 오른쪽에는 숲으로 가는
길도 있습니다. 이 길에는 2층짜리 집이 세 채 있어요. 숲과 가
장 가까운 집에 토마스네 가족이 삽니다. 내 친구 집입니다. 그
는 비록 열한 살이지만 나를 진지하게 대해줍니다. 토마스도 글
을 곧잘 쓰는데, 다른 사람들이 그의 글을 읽으면 한바탕 웃고는
합니다. 하지만 그의 이야기를 나는 좋아해요. 그가 낭독을 마치
면 나는 이렇게 말합니다. "너무 좋아! 다른 이야기도 읽어줘."

그러면 토마스는 웃으면서 아마도 내가 모두 이해할 수는 없지만, 그래도 여섯 살 치고는 끝내준다고 말합니다. 여섯 살이지만 내가 얼마나 대단한지 그는 모르고 있는 것입니다. 토마스가 쓴 글 가운데 하나를 빌려왔습니다. 엄마에게 읽어주려고요.

"야, 그건 좀 그렇다."

토마스는 당황했지만 기꺼이 빌려주었습니다. 나는 반드시 돌려주겠다고 그에게 약속했습니다.

엄마는 토마스가 쓴 글에 관심을 보였습니다.

"그 애는 열한 살이잖아."

엄마는 그렇게 말했지요.

"누가 뭐라고 해?"

그 이야기를 소개할게요.

고양이 한 마리와 뱀 한 마리가 함께 산책을 갔습니다. 도중에 담이 나왔는데, 담에는 구멍이 나 있었습니다. 고양이는 그 구멍 사이로 빠져나가서 뱀을 기다리고 있었어요. 하지만 뱀은 나타나지 않았습니다. 그래서 고양이가 불렀습니다. '도대체 어디에 있는 거야?' 그러나 뱀이 저편에서 대답했습니다. '나는 구멍을 통과할 수 없어. 너도 알다시피 나는 길잖아.' 그러자 고양이가 말했어요. '그냥 앞으로 기어오면 된다고!' '아, 그래?' 뱀이 말했습니다.

토마스의 이야기가 기록되어 있는 종이는 곱게 접혀 있었는데 엄마가 종이를 완전히 펼치자 또 이야기가 있었습니다. 이 이야기는 토마스가 나한테 읽어주지 않았던 것입니다.

어제 부모님은 봄맞이 축제에 가셨다. 그쉬나스 축제라고 하는데, 참석한 사람들은 모두 이상하게 옷을 입었다. 나는 두 분이 집으로 돌아오실 때까지 깨어 있어야 한다고 생각했다. 그래서 나는 텔레비전을 보았지만 새벽에 눈을 떠보니 내 침대 위였다. 내 책상 위에는 가면무도회에 쓰는 코가 놓여 있었다. 콧수염과 안경이 달려 있는 빨간 코였다. 나는 그것을 쓰고 부엌으로 갔다. 이미 엄마가 부엌에 나와 있었다. '잘 잤어?' 내가 묻자 엄마는 나를 쳐다보지도 않고 인사를 했다. '엄마!' 내가 다시 엄마를 불렀다. '왜, 무슨 일이야?' 엄마는 그렇게 물으며 나를 보았다. 하지만 나를 보고서도 전혀 웃지 않았다. 단지 이렇게만 말했다. '어린애처럼 굴지 마. 그 코는 아빠 거야.' 그래서 나는 두 분이 서로 싸웠다는 것을 알 수 있었다.

"불쌍한 토마스."

엄마가 말했습니다.

"상처를 많이 받았구나. 그렇지 않다면 이렇게 글로 남기지 않았을 텐데."

다음 날, 토마스는 집 앞에서 나를 기다리고 있었어요. "종이는 가져왔어?"

그는 흥분하여 묻고는 서둘러 종이를 펼쳐보았습니다.

"여기 다른 이야기도 있는데, 읽어봤어?"

"아니."

나는 진실을 말하지 않았습니다.

"휴, 다행이다."

토마스는 그제야 안심을 했습니다.

나는 자주 거짓말을 해야 합니다. 사람들 앞에서 연기를 하지만, 그들은 내가 연기를 하고 있다는 것도 모르지요. 바로 내 연기가 거짓말입니다. 여섯 살이지만 동갑내기보다 지적 수준이 훨씬 높은 나로서는 다른 방법이 없답니다. 할머니가 자신을 좋아하는지 물으면 어떻게 하겠어요? 나는 "물-론-이-지!"라고 대답하는 수밖에 없습니다. 사실이 아니지만. 안타깝게도 나는 할머니를 좋아하지 않습니다. 나의 엄마도 그래요. 하지만 할머니가 우리에게 주는 생활비 보조금은 중요합니다.

"어쩌겠니? 나는 우리 두 사람을 보살펴야 하는 걸. 그런데 지금보다 더 많은 돈을 벌 수는 없고."

엄마는 어쩔 수 없이 할머니에게 매달 부족한 생활비를 받아야 하는 게 안타까운 듯 말합니다.

"정말 안타까워. 나도 도울 수 있으면 좋을 텐데. 과외 아르바이트는 충분히 할 수 있거든."

그러자 엄마는 담배 가게에 이런 광고 쪽지를 붙여둘 수 있을 것이라고 말했습니다. "여섯 살짜리가 학업에 뒤처진 학생에게 과외지도를 해줍니다. 언어, 수학, 영어."

하지만 그렇게 할 수는 없겠죠.

사장

매우 세련된 사람들

    일 년 전, 숲에 인접한 집들 가운데 중간에 위치한 집으로 코라넥 가족이 이사를 왔습니다. 젊은 부부, 열두 살이나 열세 살쯤 되어 보이는 소년, 그리고 약간 늙은 부부였는데, 사람들은 늙은 부부는 아이들의 조부모라고 생각했습니다. 하지만 이들과 이웃에 살고 있는 토마스는 말해주기를, 나이가 든 부부는 아이들의 조부모가 아니라 바로 집을 관리하는 사람들이라고 합니다. 부인은 청소와 요리를 담당하고, 남편은 정원 일과 집안에 고장난 물건들을 수리하며 운전도 한다고 말입니다.

    "텔레비전에 나오는 영화를 보면 그렇잖아."

베아테 크라네비터가 그렇게 말했습니다. 이 소녀는 항상 '영화를 보면' 이라고 말하는 습관이 있고 앞니가 하나 빠져 있어요. 웃으면 이가 빠진 표시가 나지만, 웃지 않으면 이가 하나 없다는 사실을 알 수 없답니다. 베아테는 너무 사랑스러운 소녀로 이제 여덟 살입니다. 자주 슬퍼하는데, 그 이유는 땋은 머리 때문이지요. "땋은 머리를 하고 다녀야 하다니! 요즘 같은 세상에!" 베아테는 불평을 터뜨리지만, 그녀의 엄마는 땋은 머리를 좋아합니다. 아마도 베아테는 베스트슈타트에 살고 있는 사람들 가운데 유일하게 머리를 땋고 다니는 소녀일 것입니다. 그래서 내가 "땋은 머리, 정말 예뻐!"라고 말해도 아무 소용이 없습니다.

"저리 가!" 베아테는 이렇게 말하고 마치 어른들이 어린아이에게 하듯이 내 앞에 쪼그리고 앉습니다. 그러면 나보다 더 작아져서 나를 올려다봐야 하고, 웃을 때면 빠진 이가 보입니다. 베아테는 금발이 정말 사랑스러워요. 왜 베아테에 관해서 자꾸 얘기를 하는지 모르겠습니다.

"네 마음에 드니까 그렇지. 너 베아테 좋아하지. 그렇지?"라고 엄마는 당연하다는 듯 말합니다.

어쩌면 그럴지도 몰라요. 하지만 나는 레나테 켈러도 좋아요. 왜 이렇게 복잡하죠?

거의 일 년 전, 숲 가장자리와 인접한 주택들 가운데 중간 집에 코라넥 가족이 이사를 왔습니다. 코라넥 씨, 코라넥 씨의 부인, 열세 살짜리 아들 게르하르트 코라넥과 페겔 부부입니다. 페겔 부부는 다락방에서 살고 있습니다.

"끊임없이 계단을 오르락내리락해서 정신이 하나도 없어."

게르하르트 코라넥은 토마스에게 그렇게 말했다고 합니다.

"지붕에서 뛰어내릴 수는 없는 거잖아."

"물론 그럴 수는 없지, 이 멍청아. 하지만 우리 엄마는, 그 부부가 계속해서 집안을 돌아다니면 미쳐버릴 것 같다고 해."

"하지만 페겔 부부는 너희 집을 위해서 일하잖아."

"물론이지. 월급도 받아. 그 대신 부엌을 사용해도 되지. 하루 종일."

"하지만……"

"멍청하긴."

게르하르트가 말했습니다.

"일 년만 있으면 돼. 아빠가 두 번째 자가용을 주차해둘 수 있는 차고를 세우고 나면, 페겔 부부를 위해서 집을 마련해준대. 내년 여름에 말이야."

토마스는 나에게 말해주기를, 게르하르트도 괜찮은 녀석이라고 했습니다. 하지만 부모님에 관한 얘기를 할 때면 아주 역겨운 표정을 짓는다고 하더군요.

갑자기 10월 말에 코라넥 씨는 차고가 딸린 작은 집을 지었습니다. 정원 앞자리에 말입니다. 그야말로 6주만에 모든 것이 완성되었습니다. 하지만 아주 보기 흉했어요.

"왜 벌써 지었대?"

토마스가 게르하르트에게 물었습니다. 일 년 전에 토마스의 아빠는 집 뒤쪽에 정원용 도구를 보관해두는 작은 나무 오두막을 지었습니다. 그런데 주택을 관리하는 공무원들이 와서, 아름다운 경관을 해치기 때문에 허술하고 보기 흉한 건물을 지어서는 안 된다고 말했답니다. 그래서 오두막을 헐어버렸습니다.

게르하르트는 이 말을 듣고 웃기만 했습니다.

"우리 아빠는 무엇이든 할 수 있는 사람이야. 공무원의 할아버지라도 못 말려."

이 말을 듣자 토마스는 매우 기분이 상했습니다.

"하지만 저 건물은 보기 흉하잖아."

토마스뿐만 아니라 베스트슈타트에 살고 있는 대부분의 사람들이 그렇게 말했어요.

게르하르트는 찡그렸습니다.

"그런 말은 나한테가 아니라 우리 집 늙은이한테 말해. 모든 계획은 그 사람이 다 세운 거니까. 우리 아빠는 뭐든지 할 줄 알거든."

토마스는 그 말이 자부심에 찬 말인지 악의에 찬 말인지 정확하게 구분할 수 없었습니다.

차고가 딸린 집은 아직 페인트가 마르지도 않았지만 페겔 부부는 그곳으로 옮겨가야만 했습니다. 12월 초순이었어요. 그 집 정원에는 장미 몇 송이가 마지막으로 남아 있었어요. 코라넥 부인은 이것을 꺾어 페겔 부인의 부엌 식탁에 있는 꽃병에 꽂았습니다. "입주를 축하해요!"라고 말하면서요. 코라넥 씨도 "이렇게 편안하게 사는 사람들도 많지 않을걸!"이라고 말했다는 것입니다. 그런데 페겔 부인은 아직 칠이 마르지도 않은 집에서 살다가 그만 류머티즘성 열이 나서 열흘 동안 병원 신세를 지게 되었습니다.

키가 작은 크라네비터 부인은 계단에서 만난 우리 엄마에게 이런 소리를 했습니다.

"그 식구들, 코라넥 씨 댁은 매우 세련된 사람들이더군요. 고용한 사람들을 그렇게나 잘 챙겨준답디다! 감동적이죠, 한 마디로 감동이고말고요! 게다가 코라넥 씨, 상업관련 분야에서 무슨 고문관이라는데 엄청 유능하다고 하는군요. 성공도 했구요. 경영자래요!"

고문관 코라넥 씨는 상품거래 및 광고회사인 펠츠 앤 컴퍼니의 사장입니다. 이 회사가 정확하게 무슨 회사인지 나는 모르지만 말이죠. 그 회사는 집에 필요한 모든 것, 정원에서 사용하는 호스부터 시작해서 화장실 휴지에 이르는 모든 물건들을 판다고 합니다.

"후유."

크라네비터 부인이 한숨을 내쉬었습니다.

"우리 남편을 생각하면……. 새댁도 잘 아시죠? 동물학자죠. 명예욕만 있었더라면 벌써 박물관의 고생물학 부서 과장은 되었을 텐데. 누구나 그렇게 될 수는 없지만요."

"물론 그렇죠."

그때 예거 씨가 계단을 올라가면서 두 사람의 얘기를 듣고는 참견을 했습니다.

"코라넥 씨는 여간 유능한 남자가 아니죠. 그런데 회사에 불이 나다니, 거 참 재수가 없지."

"어머나!"

크라네비터 부인은 기겁을 하며 고함을 질렀습니다.

"사실이 아니죠?"

"사실이죠. 내가 거짓말만 하고 다니는 줄 아쇼? 물론 회사 전체가 불탄 것은 아니고, 건물의 일부분만 탔다고 합디다. 앞으로 8주 후면 크리스마스라서 물건을 잘 팔 수 있는 기간인데 불이 났으니 여간 불행이 아니겠지요. 그러니 밤이고 낮이고 공사를 했다는군요. 보험회사에서 모든 비용을 대고 말이지요."

"정말 다행이네요."

크라네비터 부인이 말했습니다.

예거 씨는 미소를 지으며 이렇게 말했습니다.

"내가 듣기로는, 코라넥 씨가 자신의 집에서부터 숲까지 완전히 뜯어고친다고 합디다. 차고 사건 다음에 또 일을 하나 만든 거지요. 자, 또 봅시다, 숙녀분들!"

크라네비터 부인은 눈을 동그랗게 떴습니다.

"무슨 뜻인가요?"

크라네비터 부인은 엄마한테 물었습니다.

"아이들은 어떻게 지내요?"

엄마는 대답 대신 물었어요.

"저렇게 무례할 수가!"

크라네비터 부인은 예거 씨가 말한 뜻을 그제야 이해하고는 화를 내며 중얼거렸습니다. "보험사기라고? 코라넥 씨가? 절대 그럴 사람이 아니라고요."

어쨌거나 크리스마스가 되기 전에 코라넥 씨의 집은 새롭게 단장을 마쳤습니다. 쉰브룬 궁전처럼 아름다운 노란색으로 말입니다.

분수대 광장 곁에 있는 방갈로에는 또 다른 사장님이 삽니다. 그의 이름은 그라디치라 하며 화장품 회사를 경영하고 있습니다. 그의 아내 산드라는 이탈리아 사람이고요. 그녀는 아주 예쁜 얼굴에 검은 머리카락과 짙은 눈썹을 가지고 있어요. 그리고 약간 통통한 편입니다. 그녀는 우리 엄마를 자주 만나고, 우리를 초대할 때도 많습니다.

이 가족도 아이들이 있답니다. 일곱 살 난 발렌틴, 열네 살 난 안드레아스, 열 살짜리 클라라입니다. 클라라는 발레학원에 다니지요. 나랑 엄마가 이 집에 놀러 가면, 나는 항상 오래된 나무 기차를 가지고 양탄자 위를 타고 돌아다닙니다. 카를로와 같이 집에 있으면 더 좋습니다. 카를로는 이 집에서 키우는 수고양이로 검은색과 흰색 털이 섞여 있습니다. 이 녀석은 상당히 얌전한 성격인데다 나를 좋아합니다. 나는 양탄자 위에 앉아서 카를로가 다가오기를 기다리고는 합니다. 내 곁에 바짝 다가오면, 카를로가 가르릉거리는 소리를 들을 수 있어요. 그리고는 카를로가 머리를 숙이면 나도 머리를 숙여서 서로 가볍게 부딪히고는 하죠.

그라디치 씨는 나의 엄마에게, 코라넥 씨에 관한 소문을 믿을 수 없다고 말했습니다.

"그 사람이 그런 일을 할 리가 없지요."

그라디치 씨가 말했습니다.

"물론 나는 그와 인사만 나누는 사이이지만, 예의바른 사람이라는 느낌이 들더군요. 아무튼 그럴 리가 없어요. 사업이란 게 그리 간단한 일은 아니지만, 차고를 세우는 비용쯤이야 스스로도 충분히 마련할 수 있는 사람입니다."

"그러면 새로 단장한 파치아타는?"

그의 아내가 입을 뾰족하게 내밀고는 물었습니다. '파치아타' 란 집의 외관을 말합니다. 최근에 코라넥 씨는 집을 새로 수리했거든요.

"그럼요, 쉰브룬 궁전처럼 노란색으로 단장을 했던데."

발렌틴이 말했습니다.

"발렌틴, 가서 놀아라."

그라디치 부인은 그렇게 말하고 나지막하게 중얼거렸습니다.

"아이들이 일곱 살이나 여덟 살이 되면, 아이들 앞에서 말하는 것을 정말 조심해야 돼요. 아직 어리다고 애들 앞에서 미주알고주알 얘기를 하면, 나중에 그게 무슨 뜻이냐고 꼭 묻거든요."

"당신도 온갖 떠도는 소문을 믿고 쉽게 얘기를 하니까 그런 거지."

그라디치 씨가 불평을 터뜨렸습니다. 그러자 그라디치 부인의 얼굴이 발개졌습니다.

"영어를 조금 더 배울 생각은 없어요?"

엄마는 잽싸게 물어봅니다. 그라디치 부인은 가끔 엄마한테 와서 영어를 배우고, 엄마는 그 부인에게 이탈리아어를 배우거든요. 두 사람은 우리 집에서 공부하는데, 엄청 재미있게 공부합니다. 그들은 한 가지 이야기를 세 가지 언어로 동시에 하며 커피도 많이 마시지요. 나는 그라디치 부인이 우리 집에 오면 기분이 좋아요. 왜냐하면 엄마가 많이 웃고 정말 재미있어하기 때문입니다. 그라디치 부인은 집에서 직접 과자까지 구워서 옵니다. 그녀는 나를 에베라르도라고 부를 때도 있지만, 대체로 에비노라고 불러요. "에비노, 너는 정말 똑똑한 아이야."

하지만 그라디치 부인이야말로 똑똑한 여자입니다.

엄마는 영어를 계속 배우고 싶은지 물었지요.

"그거 좋은 생각이네. 당신도 다른 생각을 할 수 있을 테니까."

그라디치 씨가 제발 그렇게 하라는 듯 말했습니다.

"느긋하게 앉아서 텔레비전을 볼 수 있는 의자에 관해 어떻게 생각해?"

갑자기 거실 밖에서 안드레아스가 소리를 질렀습니다.

"무슨 의자?"

그라디치 씨가 다시 물었지요.

"우리 구를 관장하는 구청장님께서 가죽 의자를 받았대요. 끝내주죠?"

"그래서?"

그라디치 부인이 물었습니다.

"한 회사에서 어제 그 의자를 운반하더군요. 한번 맞춰보세요, 어느 회사일까요?"

"도대체 무슨 말을 하는 거야?"

그라디치 씨는 투덜거렸습니다.

그때 안드레아스가 방문에 나타났어요. 그는 얼굴에 거품을 잔뜩 묻히고 있었습니다.

"안드레아!"

그라디치 부인이 소리를 질렀어요.

"당장 나가지 못해! 손님이 계실 때는 그런 얼굴로 나타나면 안 되는 거야. 어서! 면도부터 끝내! 한 달 전부터 쟤는 사흘마다 한 번씩 면도를 하는군요."

안드레아스는 나가더니 찡그린 얼굴만 문 안으로 쏙 내밀고 말했습니다.

"그 의자를 운반해온 트럭에는 펠츠 앤 컴퍼니 상품거래 및 광고회사라고 찍혀 있었대. 그리고 회사의 사장님은 바로 알폰스 코라넥 씨지요."

"그래서?"

그라디치 부인이 다시 질문을 했습니다.

"어서 꺼져!"

이번에는 그라디치 씨가 더 이상 참을 수 없다는 듯 소리를 질렀습니다.

그러자 다른 문이 열리더니 클라라가 머리를 쏙 내밀고 폭포처럼 말을 쏟아냈습니다.

"안녕하세요, 크리스틀 부인! 안녕 에비! 나는 들어갈 수는 없어, 옷을 안 입었거든. 토마스가 말하기를, 토마스의 아빠가 페겔 씨한테 들었는데, 그 의자는 코라넥 씨가 구청장님한테 준 선물이라고 했어."

"또 코라넥 씨냐?"

그라디치 씨는 소리를 버럭 질렀습니다.

"그럼요, 또 코라넥 씨에 관한 얘기죠."

클라라는 문을 쾅 닫았고, 욕실에서 안드레아스의 목소리가 들려왔습니다. 그는 "건-축-허-가!"라고 콧노래를 부르는 것이었습니다.

"조용히 하지 못해!"

그라디치 씨는 얼굴색이 변할 정도로 화를 냈습니다.

"죄송합니다, 에버하르트 어머니. 제가 정말 싫어하는 게 바로 뒤에서 수군거리는 거죠. 물론 사기니 부패니, 그런 일들이 있다는 건 잘 알아요. 유감스럽게도 항상 그런 일들은 있었으니까요. 하지만 그런 사람들은 소수에 불과합니다. 과거나 지금이나, 그런 나쁜 짓을 하는 사람들은 매우 소수에 불과하다는 거죠."

그라디치 씨는 엄마를 보면서 말했습니다.

"후후!"

안드레아스가 바깥에서 비아냥거렸습니다.

"소수가 아니라, 다들 그-래-요!"

"네가 지금 무슨 말을 하는지 알기나 하니?"

그라디치 씨는 의외로 조용하게 말했습니다.

한동안 아무런 말이 들리지 않았어요.

그런 뒤 안드레아스가 문에 나타났습니다. 한 손으로는 면도기를 들고, 턱에는 거품이 약간 남아 있었어요. 그는 깜짝 놀란 표정으로 말했답니다.

"알았어요, 아빠. 아빠는 그럴 사람이라고 생각하지는 않아."

"뭐라고? 생각은 무슨 생각? 소문만 퍼뜨리는 수다쟁이 같으니라고."

그라디치 씨는 머리에서 김이 날 것처럼 화를 냈습니다.

"오케이."

안드레아스는 말했습니다.

"얼간이 같으니라고."

그라디치 씨가 중얼거렸습니다.

안드레아스는 인상을 찌푸리며 방에서 나가버렸어요.

인사를 하고 그라디치 씨 집에서 나왔을 때, 나는 뒤를 돌아보고 그라디치 씨의 부인에게 물어보았습니다.

"미주알고주알이 뭐예요?"

그녀는 순간 말문이 막힌 듯 멍한 표정을 지었고, 그라디치 씨는 웃다가 그만 의자에서 바닥으로 떨어져버렸습니다.

"에비!"

엄마는 집으로 돌아가는 길에 이렇게 말하더군요.

"넌 정말 익살맞아!"

미주알고주알은 그냥 별다른 뜻이 없답니다. 이러쿵저러쿵과 비슷하다고나 할까요.

그런데 클라라의 말은 사실이었습니다. 토마스의 아빠 크라머 씨는 구청장을 찾아가, 왜 정원도구를 보관하는 오두막을 자신의 집에 지었을 때는 허물게 했으면서 다른 사람은 보기 흉한 차고를 세워도 되는지 따졌지요. 구청장은 이런저런 핑계를 댔지만 크라머 씨는 이성을 잃고 이렇게 말했다고 합니다. 가죽 의자는 이제 가졌으니, 정원에 창고를 지으려면 수정으로 만든 재떨이나 황동으로 만든 수저세트면 충분하냐고 소리를 질렀답니다.

구청장도 가만히 있지 않았답니다. 그는 자신을 의심하고 모욕을 주고, 중상모략을 한 행동에 대해서 결코 용서하지 않을 것이며, 고소하여 법정에서 결판을 보자고 했던 것입니다.

"좋습니다!"

크라머 씨가 말했습니다.

"그렇게 하시오. 내가 증거를 댈 테니까."

그는 집으로 돌아가 창고에 보관해두었던 철거된 오두막 장비를 다시 꺼냈습니다. 눈이 내리는데도 불구하고 마당에 오두막을 다시 세웠습니다. 그로부터 몇 달이 지났습니다. 차고도 여전히 있고 오두막도 여전히 있습니다. 법정에 고소하는 일도 없었어요. 이렇게 하여 그 일은 묻히고 말았습니다.

"모든 게 수다일 뿐이야."

그라디치 씨가 완강하게 말합니다.

"코라넥이라는 사람, 정말 애매한 인간이라니까."

헤베르카 박사님이 약간 악의에 찬 어조로 말합니다.

스보보다 씨는 비난을 합니다.

"세련된 편견으로 가득하고, 온전치 못한 인격 같으니."

"매력적인 사람이잖아요!"

크라네비터 부인도 가만 있지 않고 열정적으로 말합니다.

어쨌든 모든 사람들이 코라넥 씨에 관해 얘기를 합니다. 그리하여 그는 이제 베스트슈타트에서 가장 유명한 사람이 되었습니다. 그는 시장한테도 들락날락거립니다. 두 명의 시의원과 함께 볼링을 치러 다니기도 하고요. 기관장과는 우표를 교환하고, 상공회의소 회장과는 테니스를 칩니다. 주 의회 의장과는 사냥을 하러 갑니다. 그리고 경찰서장하고는 운동장에서 축구를 하고요. 그밖에도 학부모 모임의 회장까지 맡고 있답니다.

크라네비터 부인과 노이만 부인이 엘리베이터를 타려고 서 있습니다. 노이만 부인은 엘리베이터 문을 열어둔 채 계속 크라네비터 부인과 수다를 떨기 때문에, 아래층이나 위층에서 엘리베이터를 기다리던 주민들은 고함을 질러대고는 합니다. 그때서야 노이만 부인은 문을 닫아주고, 엘리베이터는 다시 위로 혹은 아래로 움직이지요.

다니엘 노이만과 나는 공을 차고 다닙니다.

"다니엘, 어서 이리 와!"

노이만 부인이 고함을 칩니다.

"감탄을 자아내는 사람이라니까요, 나는 늘 남편에게 그렇게 말하죠. 다니엘, 어서 이리 오라니까! 코라넥 씨는 정말 감동 그 자체랍니다."

"도서대여점에 관해 들어보셨어요?"

"아뇨."

노이만 부인은 놀라운 표정을 짓고 대답합니다.

"다니엘, 에버하르트를 괴롭히면 안 돼. 무슨 도서대여점 말인데요?"

"그가 바로 창립자예요. 도서관 운영에 필요한 자금을 지원하는 사람이라는 말이죠."

"정말인가요? 다니엘, 그러다 떨어져!"

"정말이고말고요. 건물과 도서관 사서는 자치단체에서 제공하고, 책들은 그분이 제공한다고 합니다. 그 뿐인 줄 아세요? 유치원도 새로 짓는데요. '행복한 일류 아이들(Happy Children Cracks)'이라고 한대요. 정말 아이디어가 멋지죠?"

"맞아요. 다음 주에는 다니엘을 데리고 그곳에 가야겠네요. 환상적일 거야. 다니엘, 그렇게 구부리면 안 돼! 방금 넘어졌거든요."

"엄마, 저기 밑에 바로 그 몹쓸 놈 레오가 있어."

다니엘이 고함을 지릅니다.

"모니카와 또 노닥거리고 있네."

노이만 부인은 창피한 나머지 다니엘을 끌고 얼른 자리에서 사라졌습니다.

다른 사람들은 코라넥 씨에게 이들처럼 반하지는 않았습니다. 안드레아스 그라디치는 분수대 광장으로 가서 노련한 장사치처럼 소리를 질렀어요.

"또 펠츠 앤 컴퍼니 트럭이 우리 베스트슈타트에 나타났습니다! 도서대여점에 설치할 아주 값싼 책꽂이를 싣고 왔어요!"

"안드레아스!"

그의 엄마가 창문에서 고함을 질렀습니다.

"빨리 오지 못하겠니? 어서!"

헤베르카 박사님은 도서관이 개방되자 그곳의 책들을 한 시간 동안 훑어보았습니다. 그리고 젊은 도서관 사서에게 다가가 물었습니다.

"수준 있는 도서관으로 만들려면 해야 할 일이 많겠군요. 여기 있는 책들은 잘 선별된 책들이 전혀 아닙니다. 우연히 쌓아둔 책일 뿐이지요. 싸구려 잡동사니들. 당신도 알고 있겠지요? 전문가 아닙니까?"

그러자 사서인 젊은 여자가 말했습니다.

"저는 치과에서 위생사로 일했지만, 현재 일자리가 없어 잠시 여기에서 일할 뿐이거든요. 하지만 책 읽음을 좋아해요."

"읽음이 아니라 읽기를"이라고 헤브르카 박사님은 오류를 고쳐주고 그 자리를 떠났습니다. 하지만 치과에서 일했다는 여자 사서는 박사님이 무슨 말을 했는지 이해하지 못했습니다.

유치원은 "Happy Children Cracks"인데, 영어를 구사할 줄 아는 유치원 선생님이 운영하기 때문에 유치원 이름도 영어로 지었습니다. 이 유치원에서 아이들은 영어를 배우고 또 테니스도 배웁니다.

아이들은 깃털처럼 가벼운 플라스틱으로 만든 넓고 둥근 테니스 라켓을 들고, 노랗고 부드러운 공을 치는 연습을 합니다. 유치원 선생님은 "Marvellous!" 또는 "Wonderful"이라고 고함을 치면서 공을 던져주고는 합니다.

유치원이 문을 열었을 때 시장님은 코라넥 씨를 칭찬했고, 코라넥 씨는 이에 감사의 연설을 했습니다.

"건강한 신체에 건전한 정신이 깃드는 법입니다. 일류가 되고자 하면 일찍부터 연습을 해야 합니다."

그리고는 우리 엄마가 일하고 있는 마트에서 껌을 슬쩍 훔친 찬터러 씨의 어린 아들 야콥에게 가더니 다정하게 말했습니다.

"Are you a happy child crack?(너는 행복한 일류 아이니?)"

하지만 야콥은 이렇게만 대답을 했을 뿐입니다.

"어? 아."

토마스의 엄마 크라머 부인은 체육 교사이자 피트니스 센터를 운영하고 있습니다. 어느 날 크라머 부인은 그곳에서 친하게

지냈던 대학 동창생을 만났습니다.

"이런 놀라운 일이 있나!"

그가 말했습니다.

"6월부터 이곳의 테니스장을 임대했어."

그런데 크라머 부인이 축하인사를 건네자 빙긋이 미소만 지었습니다.

"정말 내가 테니스장 주인이라고 생각해? 물론 서류상으로는 그렇지. 하지만 나는 허수아비에 불과해. 그냥 테니스장을 관리하는 사람이야. 진짜 임대한 분은 최고 경영자야, 너도 잘 알걸? 모든 것이 가능하다고 그는 말하더군. 테니스를 치는 유치원을 세웠다고 하더라. 대단하지."

"알폰스 코라넥?"

크라머 부인이 고함을 질렀습니다.

"그 사람을 알아? 이런 세상에. 좀 창피하군."

"걱정하지 마. 아무한테도 얘기하지 않을 테니까."

이때부터 모든 사람들이 이 사실을 알게 되었습니다.

"어때요?"

크라네비터 부인이 소리를 질렀습니다.

"그 남자는, 정말 유능하지 않아요? 사람은 그렇게 살아야 한다니까!"

"아이들 앞에서 제발 그렇게 말하지 말아요!"

크라네비터 씨가 말했습니다.

방문

너는 대단한 녀석이야

얼마 전에 크라네비터 씨가 나를 찾아왔습니다. 그때 나는 저녁이었지만 혼자 집에 있었어요. 물론 매우 드문 경우이지만요. 가끔씩 나는 연극 같은 것도 보러 가라고 엄마를 집에서 밀어냅니다. 너무 사람들과 어울리지 않아서 말이에요.

"만일 베이비시터가 너를 보살핀다면, 지금보다 훨씬 가벼운 마음으로 외출할 수 있을 텐데. 다섯 살짜리 아이를 집안에 혼자 내버려두는 엄마는 없거든."

"베이비시터라는 말 자체가 나를 모욕하는 거야. 그리고 내가 집에 혼자 있다는 사실을 아는 사람은 아무도 없어. 아무도 집안으로 들여보내지 않을게."

하지만 나는 그렇게 하고 말았습니다. 저녁 여덟 시였어요. 내가 부엌에서 덜거덕거리며 케이크 한 조각을 꺼내고 있을 때 초인종이 울렸습니다.

문 밖에 있는 사람은 분명 집 안에 누군가 있다는 것을 알았을 것입니다. 그래서 나는 소리쳤습니다.

"누구세요?"

"나다. 너의 사랑하는 엄마. 늙은 노루!"

문 밖에서 크라네비터 박사님의 웃는 소리가 들렸습니다.

"나야, 에버하르트. 크라네비터. 7층에 사는 크라네비트 씨, 나 알지?"

"네."

나는 소리를 질렀습니다.

"지금 나 혼자 있어요."

"그러면 나중에 와야겠구나."

"아뇨, 아뇨!"

나는 그렇게 고함을 지르고, 엄마는 책 전시회장에 갔다고 말하려 했지만, 이렇게 바꿔 말했지요.

"지금 엄마는 없지만 곧 올 거예요."

크라네비터 씨는 한순간 조용했습니다. 아마 생각을 하는 것 같았어요.

"그렇구나. 나는 네 엄마가 갖고 계신 책에서 찾아볼 게 있어서 왔거든."

나는 의자 위에 올라가 문을 열었습니다.

"야, 정말 대단한 녀석이구나."

크라네비터 씨는 나를 칭찬했지만 이미 그의 눈은 열린 방문을 통해 책장을 훑어보고 있었습니다.

"네 엄마는 그 책을 갖고 계실 거다. 예전에 나한테 얘기한 적이 있거든."

그는 책장 앞에 서서 찾기 시작했습니다. 나는 무슨 책을 찾고 있는지 물어볼 수가 없었는데 크라네비터 씨가 이렇게 중얼거리는 것이었습니다.

"슈미트-코바르치크-슈타글"

나는 그의 옷을 당겨 책장 위쪽을 가리켰습니다.

"저기, 저 책 아니에요?"

그는 즉시 책을 알아보았습니다.

"에버하르트, 너도 알고 있었구나!"

그는 소리를 지르고는 크게 웃었습니다.

"오래 걸리지는 않을 거야. 이 책에서 몇 가지만 적어가면 되거든. 그래도 되겠니?"

그는 엄마 책상의 의자에 앉더니 안경을 썼습니다. 내가 스탠드를 켜두었다는 사실도 전혀 모르는 채 말이죠. 그는 마냥 책장을 넘기고, 읽고, 그리고 기록하기 시작했습니다.

나는 내 나이 또래가 볼 수 있는 그림책을 빨리 찾을 수가 없었습니다. 그래서 가까이 있는 오스트레일리아 원주민에 관한 책을 집어들고, 책 속의 그림들을 구경했습니다.

조용했습니다. 할머니의 깜짝 선물인 괘종시계만 똑딱거립니다. 크라네비터 씨는 책을 이리저리 넘겨봅니다. 나는 그를 흘끔거리면서 그가 나의 아빠라면 어떨까 상상해보았습니다. 그럼 얼마나 좋을까요? 이런 엉뚱한 생각에 잠긴 나는 커다란 안락의자에 다리를 모으고 편안하게 있었습니다. 시계를 쳐다보니 막 아홉 시가 넘었더군요.

그때 초인종이 울렸습니다. 나는 안락의자에서 기어 내려와 문을 열었습니다. 크라네비터 부인이 그곳에 서 있었습니다.

크라네비터 부인은 곧장 나를 지나쳐 방안으로 들어가더니 소리를 질렀습니다.

"금방 책에서 확인해보고 온다더니, 두 시간이 지나도록 안 오는 사람이 대체 무엇을 하는지 반드시 봐야겠어!"

크라네비터 씨는 안경을 낀 채 조용하게 앉아서 아내를 올려다보았습니다. 크라네비터 부인은 잽싸게 사방을 둘러보더니 나에게 큰 소리로 물었습니다.

"엄마는 어디 갔니?"

"집에 안 계세요."

"어떻게 너를 혼자 내버려두고 나갈 수 있단 말이야?"

"혼자가 아니잖아요."

나는 어깨를 으쓱하고서 겸연쩍은 미소를 지었습니다.

"왜 혼자가 아냐?"

"크라네비터 씨가 같이 있잖아요."

크라네비터 씨는 빙긋이 웃더니 이내 아내에게 인상을 찌푸렸습니다. 그리고 아내를 자신에게 바짝 당겼습니다. 그녀는 반항을 했지만 남편의 손을 뿌리치지 못했어요. 그는 안경을 들어올려 아내의 뺨에 키스를 하고, 귀에다 속삭였습니다.

"질투심 많은 여편네 같으니!"

간지럽다고 키득거리며 크라네비터 부인이 말했습니다.

"그만해요, 에버하르트가 어떻게 생각하겠어요?"

에버하르트는, 그러니까 나는 멍청한 표정을 지은 채 아무 것도 모르는 것처럼 행동했습니다.

"저 애가 뭘 알겠어? 아무 것도 몰라."

크라네비터 씨가 속삭였습니다.

"하지만,"

그가 큰 소리로 아내에게 말했어요.

"에버하르트 저 녀석은 말이야, 정말 끝내주는 녀석이야. 문도 열어주고 또 내가 찾는 책이 무슨 책인지도 알고 있더라니까."

"설마!"

크라네비터 부인이 너무나 큰 소리로 고함을 지르며 나를 뚫어지게 쳐다보았어요.

"설마가 사람 잡지! 아무렴!"

크라네비터 씨가 여전히 큰 소리로 말했습니다.

나도 진지하게 고개를 끄덕이며 생각했지요. 우리 세 사람 모두는 연극을 하고 있는 게 분명하다고요.

크라네비터 씨는 보던 책을 빌려 아내와 함께 집으로 돌아갔습니다. 그들은 문 앞에서 내가 문을 제대로 잠글 때까지 기다렸어요. "잘 자, 에버하르트!"

크라네비터 부인이 말했습니다.

"내일 아침에 책을 다시 가져올게. 에버하르트, 엄마한테 그렇게 전해라. 커다랗고 두껍고 파란색 책, 그러면 알거다!"

크라네비터 씨가 문틈 사이로 소리를 질렀습니다.

"안녕히 가세요!"

나는 그들에게 인사하고 책장으로 가서 빌려준 책을 기록했습니다. '크라네비터 박사. 크고 두껍고 파란색 책. 정확하게 말하면, 슈미트-코바르치크-슈타글, 민족학과 문화인류학의 이론, 제2권' 날짜. 그리고 끝.

나는 크라네비터 부부에 관해 조금 더 생각해보았습니다. 곧 나는 내 엄마를 생각했고, 아빠의 사진을 세워둔 엄마의 책상에 앉았습니다.

나는 아빠를 전혀 기억할 수 없습니다. 사진에는 젊은 남자가 깃이 달린 스웨터를 입고, 털모자 위로 스키안경을 쭉 밀어올린 채 서 있습니다. 어깨에는 등반용 밧줄이 걸려 있고요. 사진으로 보는 아빠는 아주 진지한 표정을 지은 채 점잖게 피아노에 기대고 있습니다. 사진 밑에는 이렇게 적혀 있네요. '쇤발트 스튜디오, 베스트슈타트, 초상화, 여권, 동물사진 찍습니다.'

나는 집에 돌아온 엄마에게 모든 것을 얘기해주었습니다. "오호!" 엄마는 내 말을 들은 뒤 질투를 한 크라네비터 부인을 떠올리며 싱긋 웃었습니다. 하지만 엄마는 앞으로 아파트에 사는 사람들이 어린 아들만 달랑 집에 남겨두고 외출한 자신을 두고 얼마나 쑥덕댈지 걱정했습니다.

다음 날, 엄마는 크라네비터 부인을 엘리베이터에서 만났습니다. 그런데 크라네비터 부인이 엄마에게 얼마나 친절하게 대하는지 놀라지 않을 수 없었다고 합니다. 게다가 이런 말도 했다고 하더군요. 에버하르트는 사랑스러운 아이이며, 만일 외출할 일이 있으면 자신의 집에 나를 맡겨도 괜찮다고 말이지요. "새댁도 어떻게 일 년 내내 집안에만 있을 수 있겠수?" 크라네비터 부인은 그렇게 말했다고 합니다.

혁명

일어나, 이 잠꾸러기 양반아

가끔 나는 스보보다 씨 댁에 갑니다. 초인종은 누르지 않고 문을 똑똑 두드리지요. 그렇게 하기로 약속을 했거든요. 스보보다 씨가 졸고 있을지도 모르기 때문입니다. 최근에 스보보다 씨는 너무 아팠는데, 납중독 때문이라고 합니다. 스보보다 씨는 식자공이었는데, 납중독은 예전 식자공들의 직업병이었대요. 납으로 글자를 구성하는 활자들을 만들었다고 합니다. 납에 중독되어 스보보다 씨는 그만 신장에 문제가 생긴 것입니다. 스보보다 씨가 또다시 심하게 아프게 되자 걱정이 되어 스보보다 부인이 한밤중에 마요르 박사님을 불렀습니다. 이런 일이 일어난 뒤부터 스보보다 씨는 지치고 힘이 하나도 없어 보입니다. 하지만 곧 명랑한 기분을 되찾고는 많은 얘기를 해주지요. 그는 기억력이 정말 좋아요. 그의 부인은 남편이 수백 개의 시를 줄줄 외고 다닌다고 합니다.

"그런 걸 다 참고 듣다니, 그 부인은 정말 시를 좋아하는가 봐." 크라네비터 부인은 일전에 이렇게 말했습니다. 스보보다 씨는 어떠한 상황에서도 그 상황에 어울리는 시(詩)나 속담이 떠오른다고 합니다. 나는 그런 '표어들'을 기록해두었는데, 우리 엄마는 표어에 맞는 시를 읊어달라고 그에게 종종 부탁합니다. 그러면 스보보다 씨는 바로 시 한두 수를 줄줄 외고는 합니다. 어쨌거나 나는 이런 방식으로 몇 가지 시를 기록해둘 수 있었습니다.

내가 거실에 있자, 스보보다 부인은 침실을 향해 소리를 지릅니다.

"오스카, 언제까지 계속 잘 거예요?"

스보보다 씨의 하품 소리가 들리고 이내 이런 대답이 나옵니다.

"일어나라, 이 곰팡이 슨 기독교인아! 죄 많은 삶을 시작해야 하거늘."

스보보다 부인이 나를 문 안으로 집어넣으면, 나는 스보보다 씨가 침대에 누워 있는 모습을 볼 수 있습니다.

"오, 에버하르트!"
나를 본 그는 낭송을 시작합니다.

사랑으로 넘쳐나는 소년을
아무리 칭송한들 부족하리라…에, 에…….

어떤 때는 시구들이 정확하게 떠오르지 않나봅니다.

곱슬머리와 반바지가 잘 어울리며,
그보다 넥타이가 더욱 사랑스럽네,
매일 아침이면 그렇듯 예쁜 모습으로 와서,
묻기를…, 에…, 내 상태가 어떤지…….
아, 이 얼마나 즐거운가,
저렇듯 어린 소년이 있다는 것,
매일마다 선한 사람들이 사라져버리는 이 시기에.

"오스카!"
그의 아내가 부엌에서 남편을 부릅니다.
"불쌍한 에버하르트를 당신의 시로 헷갈리게 하지 말고 어서
자리에서 일어나요."

이제 스보보다 씨는 노래를 부릅니다.

"테-오! 우리는 로츠로 떠나야 해. 일어나, 이 게으른 잠꾸러기 양반아!"

"제발 그렇게 고함을 질러대지 마세요. 당신도 알잖아요? 예거 씨가 어제 조용히 해달라고 말했단 말이에요."

"예거 씨라, 그래, 예거."

스보보다 씨는 말을 하면서 양말을 신습니다.

"많은 이야기를 못하게 막는다면,

나의 가장 아름다운 행복은 없어질 것이네."

"쉿!"

스보보다 부인은 남편에게 또 주의를 줍니다.

"오스카, 제발! 그리고 말이에요, 노이만 부인도 그렇게 묻습니다. 당신이 무슨 말을 그렇게 큰 소리로 중얼거리는지 말이죠. '그렇게 큰 소리로', 라고 말했다고요!"

스보보다 씨는 잠옷을 걸친 채 중얼거립니다.

"노이만 부인! 그녀의 고향은 쾨첸브로다라네,

그리고 그녀의 영혼에는 속임수와 간계도 부족하지 않지,

하지만 그녀는 로다 로다가 해수욕장이라는 것도 모른다네."

그는 침대에서 일어나, 이불을 한 방에 걸어차더니 또 소리를 지릅니다.

"누더기야 꺼져라! 너의 신방침대는 대지 전체로다."

"어휴, 끔찍한 양반!"

스보보다 부인이 말합니다.

"우유 좋아하니, 에버하르트? 발코니 식탁에 두 사람이 마실 우유를 갖다놓을게."

"그 밖에는 없소이까?"

스보보다 씨는 시를 읊듯이 아내에게 묻습니다.

"우유 빵."

"아! 우유 빵은 치아가 없어도 맛있지."

스보보다 씨는 나와 함께 발코니로 나가, 밝은 하늘을 바라보며 숨을 깊숙이 들이쉬고는 재채기를 합니다. 그는 매일 아침마다 이렇게 한답니다. 그가 하는 재채기는 마치 청천벽력과 같습니다. 주변에 있는 개들은 이 재채기 소리를 오해해서는 거칠게 짖기 시작합니다. 부엌에서 한숨을 내쉬는 소리가 들려옵니다.

"별난 양반이야, 별나!"

스보보다 씨는 나와 함께 발코니 식탁에 앉아 두꺼운 유리잔을 높이 들고는 다시 낭송을 합니다.

"유리잔의 쾌활한 빛 앞에서,

그의 무뚝뚝한 눈썹의 원한조차 사라지누나.

렌센, 우리 곁에 앉아라!"

그는 아내를 꼭 렌센이라고 부릅니다. 헬레네라는 이름을 짤막하고 예쁘게 부르는 것이라고 합니다.

"오 렌센, 너는 아니?

나와 함께 풀밭으로 가자.

황금의 시절이 왔으니

뻐꾸기의 소리가 들리니?"

스보보다 부인은 한숨을 내쉬며 결국 우리 곁에 자리를 잡습니다.

"잘 주무신 거유?"

남편에게 묻습니다.

"그럼, 아주 잘 잤지. 저녁을 일찍 먹어서 그래, 렌센."

그는 만족스러운 표정으로 우유 빵을 씹습니다.

"저녁에 나는 치즈와 무를 먹지,

그리고 나는 부른 배로 침대로 간다네."

그는 의자에 기대어 먹고 마시고 팔은 아내에게 두릅니다.

"오 사랑하는 이의 곁에서 보내는 이 달콤한 무위(無爲)여……."

"제발 좀 그렇게 큰 소리로 말하지 마시구랴."

그녀는 남편을 노려보더니 그만 웃음을 짓고 맙니다.

"늙은이……."

뭐라 말을 하려다가 그만 혼자서 삼켜버립니다.

"늙은이라고? 당신, 나더러 늙은이라고 했나? 당신이 꼭 알아야 할 게 있지. 나는 이탈리아 시칠리아 섬에 있는 활화산 에트나와 비슷해. 겉으로 보면 허옇지만."

그는 흰머리로 뒤덮인 머리숱을 아내에게 보여줍니다.

"이 가슴 속에는 불꽃이 훨훨 타고 있다오."

그는 아내에게 정식으로 키스를 합니다.

"오스카!"

부인은 숨이 막혀 겨우 말을 합니다.

"에버하르트가 보는 앞에서 이 무슨!"

"당연하지! 에버하르트 앞에서 해야 하고말고. 이 녀석도 이제는 알아야 해. 현자들이 너희들의 단단한 두개골에게 해주는 말들을 경청해야 하나니,

사랑스럽고 달콤한 소녀를 경멸하지 말지어다."

이렇게 말하면서 스보보다 씨는 손가락으로 부드럽게 내 머리를 톡톡 두드립니다.

스보보다 씨가 말하는 것을 모두 이해하지는 못합니다. 하지만 그를 바라보고 있으면 기분이 좋아집니다. 이들 부부가 서로 좋아한다는 것을 옆에 있는 사람도 금방 알 수 있지요. 스보보다 씨는 굳이 아내에게 키스를 하지 않아도 되고, 아내는 그에게 잘

잤느냐고 물어볼 필요도 없습니다. 그들 옆에 있으면 두 사람이
얼마나 좋아하는지 느낄 수 있으니까요.

"이제 나는 가야겠어요."

내가 예의바르게 말을 합니다.

"무슨 그런 말을 하느냐."

스보보다 씨가 큰 소리로 말합니다.

"우리는 아직 서로 한 마디도 나누지 않았는데."

"하하, 그 참!"

스보보다 부인이 말합니다.

"나더러 웃지 말라고요? 서로 대화를 나누지 못했다고? 언제
나 말하는 사람은 한 사람 밖에 없다우. 그건 바로 당신이지."

스보보다 씨는 절대 이 말을 인정하지 않습니다.

"말하는 것은 사람에게 좋은 거라네.

말하는 사람 자신에게도 좋은 것이지.

현명한 빌헬름 부쉬의 말이야."

스보보다 부인은 고개를 흔들며 발코니에서 실내로 들어가
고 스보보다 씨는 나에게 묻습니다.

"에버하르트, '양파생선' 이 뭔 줄 아니?"

"아뇨. 음식 이름인가요?"

"아니, 그게 아니란다, 에버하르트. 그건 인쇄로 생긴 오자

야. 특히 말이다, 문장 속에 뜻하지 않은 철자가 하나 끼어들어가 있으면 양파생선이라고 부른단다. 이해하겠니?"

나는 그를 빤히 바라만 봅니다.

"음, 그러면 조금 더 쉬운 예를 들어보자. 에버하르트, '파리 대가리'가 뭔지 아니?"

"파리의 머리요."

"아니야. 아니, 맞아. 하지만 우리 같은 인쇄공은 문장의 한 가운데 거꾸로 박혀 있는 철자를 그렇게 불러. 파리 대가리라고."

"그런 게 있어요?"

"그럼. 물론 요즘에는 찾아볼 수 없지. 옛날에는 손으로 직접 했거든. 이제 모두 지나간 일이지만. 요즘에는 컴퓨터로 한단다. 그러니 그런 실수를 하지 않지. 하지만 컴퓨터로 작업하면 엉뚱한 실수를 할 수 있어. 옛날에 우리가 일할 때는 그런 실수가 있을지 상상조차 할 수 없었지만 말이다. 젊은 동료들이 나에게 말해주는데, 전류에 약간만 편차가 생겨도 철자가 바뀐다는 거야. 교정할 시간도 충분히 주지 않는다고들 하더군. 에버하르트, 네가 나중에 글을 읽게 되면, 네가 발견하는 오자 하나에 내가 5실링을 주마. 아냐, 1실링. 5실링을 주면 나는 금방 거지가 되고 말걸."

당장이라도 할 수 있다고 나는 속으로 생각합니다. 어디에선 가 읽은 적이 있는데, 문고판의 경우 3쪽마다 오자가 하나씩 나 온다고 하더군요. 가령 180쪽의 책이라고 하면 60실링을 스보보 다 씨한테 받을 수 있는 것입니다. 스보보다 씨는 이런 사실을 몰랐겠지만.

"게다가 책 모양은 또 왜 그런지!"

스보보다 씨는 주먹을 불끈 쥡니다.

"오스카, 제발 불평은 그만 해요."

스보보다 부인은 실내에서 발코니로 나 있는 창을 통해서 말 합니다.

"에버하르트, 혹시 너 '후레자식'이 뭔지 알고 있니?"

스보보다 씨는 신이 나서 말을 멈출 수 없답니다.

"오스카!"

스보보다 부인이 또다시 고함을 지릅니다.

"매우 안 좋은 거란다. 문단의 마지막 줄을 집어넣을 자리가 없는 거지. 아주 짧은 마지막 줄인데 말이다. 그러면 다음 쪽의 첫 번째 줄에 그냥 붙여버린단다. 이 줄은 위에 불쌍하게 매달려 서 허공에 둥둥 떠 있는 꼬락서니가 무슨 제목 같단 말씀이야. 이런 줄을 보고 사람들은 후레자식이라고 하지. 아주 보기 흉하 니까 구텐베르크조차 금지를 했다는 거야. 인쇄술을 발견한 그

옛날의 구텐베르크 말이다. 하지만 요즘은 어떤 줄 아니? 아는 것 하나 없는 속물들 천지야! 후레자식 천지란 말이다."

스보보다 부인은 발코니로 나오는 문에 서 있습니다. 그녀가 엄격한 시선으로 남편을 보자 스보보다 씨는 이렇게 말하지요.

"렌센은 말없이 바라보네.

여기 발코니를 둘러보네.

뭐가 필요한지 적어서 줘.

그럼 시장이나 봐올 테니까."

그가 자리에서 일어납니다.

"잠옷을 입고 슬리퍼를 신은 채 말인가요?"

"왜 안 돼? 신발이 없으면 전쟁은 일어나지 않지. 에버하르트, 내가 장화를 신지 않은 경찰관 이야기를 해줬나?"

그는 다시 자리에 앉습니다.

"제발 그만 하시우!"

스보보다 부인은 짐짓 못마땅한 어투로 말합니다.

"할 수 없군. 에버하르트, 다음 기회에 하자꾸나. 네가 꼭 얘기해달라고 하렴. 알겠지?"

나중에 나는 그 얘기를 해달라고 했습니다. 스보보다 씨는 분수대 광장에 있는 벤치에 주로 앉아 있습니다. 그는 주변에서 아이들이 놀고 있는 모습을 즐겨 구경합니다. 한번은 여러 명이서

놓고 있었는데, 그때 내가 그 이야기를 꺼냈지요.

"그게 말이다, 아주 오래전이었지. 50년도 넘었어. 그때 나는 안드레아스와 비슷한 나이였단다. 그 당시 우리나라에는 노동자들과 많은 사람들이 정부에 반대했어. 아니다, 그게 아니라, 정부가 노동자들과 많은 사람들을 반대한 거지. 어쨌거나, 그래서 전쟁이 일어났단다. 사람들은 내전이니 혁명이라 불렀지. 너 무슨 말인지 이해하는 거냐?"

그는 나를 보며 물었습니다.

"음……."

나는 선뜻 대답을 못하는 척했습니다.

"자, 정부는 경찰과 군대에 노동자를 총으로 쏘라는 명령을 내렸단다. 그러나 노동자들과 많은 사람들도 이에 맞서 총을 쏘아댔지. 양측에서 모두 사상자와 부상자가 나왔어. 군대는 주택에도 마구 쏘아댔단다. 끔찍했지. 나의 부모님과 나 그리고 모든 사람들은 집 안에 있는 지하실로 달려갔다. 그곳이 가장 안전하니까 말이야. 근처에 가스공장이 있었는데, 우리는 그것이 폭발할까봐 정말 두려웠지. 그런데 가스공장은 폭발하지 않았지만, 갑자기 많은 경찰관들이 쾅쾅 발소리를 내면서 우리가 숨어 있는 지하실로 내려오더군. 마흔 명쯤, 아니 그 이상이었어. 이들은 팔을 높이 들고 있었고, 이들 뒤에는 몇몇 노동자들이 무장을 하고 따라왔어. 이 노동자들은 경찰관들이 가득 타고 있는 버스를 습격했던 거야. 그리고 경찰관들을 포박하여 포로로 데려온 거야. 우리 집 지하실에는 커다란 지하방이 두 개나 있었는데, 보통 때에는 아이들이 그곳에서 놀고는 했어. 지금은 뭐 비어 있겠지만. 어쨌거나 노동자들은 경찰관들을 지하방 가운데 한 곳으로 데려가더군. 그런데 한 노동자가 이렇게 고함을 지르는 거야. '이제 너희들, 모두 장화를 벗어!' 경찰관들은 시키는 대로 했고, 노동자들은 장화를 들고 나갔지. 물론 두 명의 노동자를 보초로 세워두고 말이야. 그들은 나더러 문 안을 들여다보라고 하더구나. 내가 지하방 안을 들여다보니까 경찰관들은 양말만 신은 채 앉아 있더라고. 아마 장화를 벗어던질 수 있어서 기뻤을 게야. 그들에게 내전은 끝난 것이나 진배없었지."

"내전은 어떻게 끝이 났어요?"

토마스가 물었습니다.

"좋지 않게 끝났어. 노동자들을 비롯해 많은 사람들에게 힘든 시간이었지. 정부가 이겨서 많은 사람들이 감옥에 가거나 목숨을 잃기도 했어. 사형당했지."

"아이들한테 또 무슨 도적놈의 얘기를 해주고 있는 거요?"

예거 씨가 조용히 지나가면서 말했습니다.

"그 사람들이 단순히 도적놈들이라면, 그렇게 목숨을 걸고

싸웠을까만……."

　스보보다 씨가 대답했습니다.

새로 등장한 인물

저 사람은 어디에서 열쇠를 얻어왔지?

니콜라우스가 베스트슈타트에 나타났습니다. 따뜻한 5월의 늦은 오후였습니다. 분수대 광장에는 비어 있는 벤치가 하나도 없었습니다. 아이들은 신발과 양말을 벗어던지고 물속에서 첨벙 거리며 놀았지요.

사람들은 멀리서도 니콜라우스를 볼 수 있었습니다. 키가 크고 마르고, 알록달록하고, 어깨에 무거운 짐을 들고 있는 남자였지요. 그가 가깝게 다가왔을 때, 알록달록한 것은 바로 배낭 비슷한 외투였습니다. 주머니가 여러 개 달려 있는 외투였어요. 그리고 어깨에는 여행용 배낭이, 그 위에는 기타, 그리고 배낭의

좌우로 신발이 매달려서 달랑거렸습니다. 그가 잔디에서 내려와 아스팔트 길로 접어들었을 때, 맨발이라는 사실도 알 수 있었습니다. 분수대 광장에 있던 이웃사람들은 하나 같이 놀란 표정이었어요.

그 남자는 분수대 광장 9번지에 위치한 집 앞에 멈춰서서, 한동안 문을 바라보았습니다. 그리고 그가 외투 주머니에서 열쇠를 꺼내 집 안으로 들어가 문을 잠그는 것을 보고 사람들은 더욱 놀랐습니다. 크라네비터 부인과 노이만 부인은 자리에서 벌떡 일어났습니다.

"저 사람은 어디에서 열쇠를 얻어온 거야?"

"보통 집이 아니라 영사관 집의 열쇠를!"

"그는 분명 아닐 거야!"

키가 작은 예거 씨는 이렇게 말했습니다.

"영사님은 이 집을 가을에 팔았어요. 그 무슨 외교관한테 팔았다고 하던데."

"뭐라고요?"

크라네비터 부인이 말했습니다.

"저런 남자가 외교관이라고? 아니야, 절대 그럴 리가 없어."

"하늘에 맹세코 그럴 리는 없어요."

글래저 부인이 소리를 지르며 미친 듯 웃었습니다. 스보보다 씨가 물었습니다.

"아, 그래요? 그러면 외교관은 어떻게 생겼대요?"

"어쨌거나 저렇게 생기지는 않았어요."

크라네비터 부인이 대꾸했습니다. 그 사이 낯선 남자는 문 안으로 들어가더니, 문을 밀었다가 당겼다가 움직여 보았습니다. 문 경첩이 삐그덕거리는 소리가 우리한테까지 들려왔습니다. 문을 시험하던 낯선 남자는 분수대 주변에 엄청나게 모여 있는 많은 사람들을 발견했습니다. 그는 우리 쪽을 바라보며 머리를 약간 숙여 인사를 했습니다. 그는 수염을 길렀고 안경도 쓰고 있었습니다. 하지만 아무도 답례로 손을 흔들어주지 않았습니다. 그는 마침내 사라졌습니다.

사람들은 낯선 남자에 관한 온갖 얘기와 추측으로 시간을 보냈습니다. 예거 씨는 '미스테리'라는 표현을 사용했지요. 낯선 남자가 영사관의 집 열쇠를 가지고 있다는 게 너무 이상했으니까요. 저녁 시간이 다 되어도 5월의 공기는 따뜻하고 푸근합니다. 그래서 아파트에 사는 주민들은 점점 분수대 광장의 벤치로 몰려들기 때문에, 낯선 남자에 관한 이야기는 점점 퍼져나갔습니다.

"그냥 떠돌이일 거야!"

크라네비터 부인이 말했습니다.

"부랑자 말이죠?"

북독 출신인 베르케만 부인이 말했습니다.

"댁이 무슨 뜻으로 하는 말인지는 모르겠지만, 어쨌거나 내 말은 떠돌이라는 거예요."

크라네비터 부인이 잘라서 말했습니다.

"한 마디로 하면, '끌로샤르', 다시 말해서 건달이라는 거죠."

이렇게 말한 사람은 언어를 가르치는 여자 교사인데, 나는 이름을 기억할 수 없습니다.

"그게 바로 그거죠."

노이만 부인이 말했습니다.

"어쨌든 폭주족 같은 부류겠죠."

"폭주족이란 말인가요, 아니면 부랑자라는 건가요?"

헤베르카 박사님이 물었습니다.

"건전한 내 이성은 이렇게 나에게 말하는군요. 경찰이 알아서 해야 할 일이다."

글래저 부인이 설명했습니다.

"하지만 저 사람이 도대체 무슨 짓을 했는데요?"

헤베르카 부인이 우려 섞인 표정으로 말했습니다.

"그럼, 무슨 짓을 할 때까지 기다리겠다는 건가요?"

노이만 부인이 날카롭게 물었습니다.

"어쨌거나, 그라디치 가족에게 주의를 줘야겠군요. 바로 옆집이 그 집이니까요."

예거 씨가 말했습니다.

"어머나, 끔찍해."

크라네비터 부인은 재빨리 반응했습니다.

순간 모두가 입을 다물었습니다. 분수대 광장 9번지의 집 창문들이 모두 활짝 열렸던 것입니다.

"유령이 한 짓일까요?"

크라네비터 부인이 속삭였습니다.

"그가 환기를 시키는 중인가 봐요."

헤베르카 부인이 말했습니다.

"저 남자에게는 유리한 행동이군."

헤베르카 박사님이 그렇게 말하자 노이만 부인이 노려보았습니다.

분수대 광장 9번지의 집을 둘러싸고 사람들이 갖가지 추측과 의심을 하는 것이 역력히 보였습니다. 아이들도 예외가 아니었죠. 레나테는 내 손을 꼭 잡고 물었습니다.

"저 사람, 나쁜 사람이야?"

"아니. 나는 아니라고 믿어. 분명 아닐 거야."

나의 대답이었습니다.

아이들은 숨어서 그 집을 지켜보았고, 그 집에 대하여 늘 새로운 이야기들이 들려왔습니다.

"총성이야, 그가 총을 쏘았어!"

"바보 같은 소리. 정원 문을 그가 쾅하고 닫았을 뿐이야."

"물이 계속 흘러가는 소리가 나."

게르하르트 코라넥은 잘난 척하며 정원으로 기어들어 가, 창문에 기대어 몰래 집안을 들여다보았습니다. 그리고 이런 놀라운 말을 전해주었습니다.

"발을 씻고 있어."

또 이런 소식이 들려왔습니다.

"집안이 쥐죽은 듯 조용해."

"그 놈은 잠복한 채 뭔가를 기다리고 있는 게 분명해."

"아직도 아무런 소리가 안 들려."

그러면 게르하르트가 말했습니다.

"안을 들여다보니까 말이야, 텅 비어 있더라. 텅 비어 있어. 옷만 여기저기 흩어져 있고."

"그것 보세요. 떠돌이라서 무질서하고, 정리정돈이라고는 못 하잖수?"

크라네비터 부인이 확신에 찬 어조로 말했습니다.

"질서란 이성의 기쁨이요, 무질서는 환상만이 즐길 수 있는 환희로다. 폴 클로델이 그렇게 말했지요."

스보보다 씨가 말했습니다. 하지만 아무도 클로델과 스보보다 씨의 말에 귀를 기울이지 않았습니다. 20명, 30명의 사람들은 모여서 웅성거리며 무언가를 기다리고 있었습니다.

안드레아스가 그라디치 가족이 사는 방갈로 주택에서 나왔을 때였습니다. 안드레아스는 우리 쪽으로 어슬렁어슬렁 걸어왔습니다.

"어이, 반갑다!"

토마스가 큰 소리로 말했습니다.

"이봐, 안드레아스!"

크라네비터 부인은 그의 셔츠를 잡더니 조용하게 낯선 남자를 주의해야 한다고 전했습니다.

"그러니 빨리 집으로 가서 부모님께 말씀드려라. 문단속 잘해야 해. 창문도."

"아니 왜요?"

안드레아스가 물었습니다.

"그 남자 괜찮은 사람이던데요. 얘기를 해봤거든요. 아빠는 그 남자에게 갈퀴를 빌려줬어요."

크라네비터 부인은 놀라서 가슴을 움켜쥐었습니다.

"맙소사!"

글래저 부인은 고함을 질렀고 예거 씨는 단호하게 말했습니다.

"그런 행동은 조심스럽지 못해."

"아니, 네 아빠는 그 남자가 어떤 인간인지 못 봤단 말이야?"

노이만 부인이 화를 내면서 물었습니다.

"'인간'이라고요?"

안드레아스는 이해할 수 없다는 표정으로 다시 물었습니다.

"왜 '인간'이라는 말을 사용하세요? 그 남자는 여기 있는 사람들보다 훨씬 정상적이라고요. 그 남자를 몹쓸 인간으로 취급하는 사람이야말로 멍청한 인간이죠."

안드레아스는 인상을 찌푸리더니 가버렸습니다.

노이만 부인은 얼굴이 상기된 채 자리를 떴고, 다른 사람들은 안드레아스가 점점 더 무례하게 군다고 생각했습니다.

"그럼, 저희는 이만 가겠습니다."

헤베르카 부부도 자리를 떠나자 나는 이렇게 생각했습니다. 이제 집에 가면 실컷 웃을 수 있구나.

아마 스보보다 씨도 나와 비슷한 생각을 했던 것 같습니다. 그는 힘들게 자리에서 일어나 이렇게 말했거든요.

"잘 주무시구려, 동지들. 오늘은 특별히 조심하시고요."

그러자 예거 씨는 못마땅한 듯 고개를 흔들었습니다.

나중에 가서야 나는 9번지가 쥐죽은 듯 조용했을 때 무슨 일이 일어났는지 듣게 되었습니다. 이 시각에 그라디치 씨는 늘 그렇듯 정원에서 식사를 하고 있었답니다. 그는 아들 발렌틴이 묻는 어려운 질문에 대답을 하면서 동시에 신문을 읽었다고 합니다.

그런데 갑자기 담 너머로 문이 닫히는 소리가 나더니 잠시 후 정원에서 무슨 소리가 들렸답니다. 그래서 그라디치 씨는 의자 위로 올라가서 옆집을 보았습니다. 그곳에 낯선 남자의 등이 보였지요.

"안녕하세요!"

그라디치 씨가 말했습니다.

낯선 남자는 뒤를 돌아보더니 놀라서 소리를 질렀습니다.

"안녕하십니까!"

두 남자는 한동안 서로를 바라보았고, 낯선 남자가 마침내 다시 입을 열었습니다.

"키가 크신 겁니까 아니면 어디에 올라가 계신 건가요?"

"아, 의자 위에 올라가 있지요."

"그러면 다행이군요."

낯선 남자는 미소를 지었습니다.

"새로 이사를 왔거든요. 프레가르트라고 합니다. 니콜라우스 프레가르트."

"나는 그라디치라고 합니다."

그라디치 씨가 말했습니다.

"세 들어왔나요, 아니면 집을 사셨나요?"

"제가요?"

낯선 남자는 웃었습니다.

"제가 집을 산다는 것은 웃기는 일이죠. 현재 제 재정상태가 그럴 수 없거든요."

그는 외무부에 속해 있는 이 집에 세를 든 것이라고 말했답니다. 그는 개발도상국의 자원봉사자로 일했는데, 아프리카 동부에 4년 동안 있었고요. 지금은 자원봉사자들을 위한 강의를 하게 되어서, 외무부가 그에게 이 집을 빌려주었다는 것입니다.

"관사라고 하면 되겠군요. 두 명의 동료가 더 올 겁니다. 하지만 오더라도 가을에나 오게 될 거구요. 저에게 방해가 되는 것은 제멋대로 자란 이 잔디들입니다. 그런데 잔디를 다듬을 도구가 없네요."

"뭐가 필요합니까?"

그라디치 씨가 물었습니다.

"곡괭이, 갈퀴, 낫 같은 것들이지요."

그는 주변을 둘러보았습니다.

"삽도 필요하겠군요. 또 물 호스가 없으니 물뿌리개도 필요할 것 같고요."

그라디치 씨는 모든 것을 가져와서 담 너머로 들어 올렸습니다. 안드레아스와 클라라가 아빠를 도왔어요.

"고맙습니다!"

니콜라우스가 말했습니다.

"안녕하세요!"

안드레아스와 클라라가 쾌활한 소리로 인사를 했습니다.

그때 발렌틴이 악을 쓰며 울었습니다. 이 녀석도 한참 동안 담 너머를 보고 있었지만, 의자가 없어서 올라갈 수 없었던 것입니다. 안드레아스가 발렌틴을 번쩍 들어 올려주었지요. "안녕!"

니콜라우스가 말했습니다.

"또 다른 식구는 없나요?"

"물론 내 아내 산드라가 있지요."

그라디치 씨가 큰 소리로 대답했습니다.

그때 그라디치 부인이 다가와 남편이 서 있는 의자 위로 올라가는 바람에, 다섯 명이 담에 기대게 되었습니다.

"안녕하세요?"

그라디치 부인이 말했습니다.

"오, 끔찍해!"

"제가 끔찍하다는 말씀이세요?"

니콜라우스가 놀라서 물었습니다.

"오, 노, 노! 정원이 끔찍하다고요. 우나 디재스트로."

"시 시"

니콜라우스는 이탈리아어를 알아듣고 자연스럽게 대답했습니다.

"당장 정원부터 깨끗하게 청소해야겠어요. 이 동네에는 정원사가 있나요?"

한 명이 있기는 있었습니다.

"그러면 나는 이만."

그라디치 씨가 말했습니다.

"아리비데치!"

니콜라우스가 인사를 했습니다.

"식구들 나머지 절반도 가끔 보게 된다면 기쁘겠습니다."

"더 이상의 식구는 없어요. 물론 고양이가 한 마리 있지만."

그라디치 씨가 대답했어요.

"카를로 마르셀리노."

그라디치 부인이 답답하다는 어투로 남편의 이름을 불렀습니다.

"말을 좀 제대로 이해하세요. 저 분이 다른 식구라고 한 것은……"

그제야 그라디치 씨는 이해할 수 있었습니다.

니콜라우스는 곧 발렌틴의 다른 식구, 즉 담 때문에 보이지 않았던 아랫도리 부분도 알게 되었으니까요. 발렌틴은 안드레아스의 팔에서 나와 담으로 기어 올라가더니 니콜라우스에게 건너 갔습니다. 니콜라우스는 발렌틴을 반갑게 맞이했습니다.

"나는 땅을 팔 테니까 너는 저기 가서 계산을 하렴."

"뭐라고요? 수학 공부를 하라는 말인가요, 아니면 아저씨를 도우라는 말인가요?"

"조심하세요!"

그라디치 씨가 담 저편에서 소리를 질렀습니다.

"그 녀석은 사람의 숨통을 조일 만큼 많은 질문을 해댑니다."

그라디치 씨가 집안으로 들어가려고 했을 때, 담 너머로 아들 이 니콜라우스에게 하는 질문이 들려왔습니다.

"복수를 한다는 게 무슨 뜻이죠?"

죽은 체하는 사람

네 친구들을 쏴!

다음 날 아침에 니콜라우스는 집에서 나와 잔디 위를 걸어가고 있었습니다.

그곳에는 다니엘 노이만이 무기를 들고 서 있었어요. 탄창에 탄약을 넣고 방아쇠를 당기면 꽝 하고 발사되는 장난감 총이었죠.

다니엘은 이런 생각을 했습니다. '저기 오는 남자와는 말을 해서는 안 돼. 엄마가 말하지 말라고 했어. 그는 나쁜 사람이야. 분명 그는 나쁜 놈이야.' 마침내 다니엘은 총을 들고 방아쇠를 당겼습니다. 꽝 하는 소리가 났습니다.

남자는 미소를 짓더니 다음 순간 가슴을 움켜잡았고, 두 걸음, 세 걸음을 비틀거리다가 그만 땅에 넘어지고 말았습니다. 두 번을 뒹굴더니 드러눕고 말았던 것입니다.

사방은 적막했습니다. 다니엘은 주변을 둘러보다가 한동안 서서 기다려보았습니다. 그런데 남자는 꼼짝을 하지 않는 것이었어요.

다니엘은 발을 동동 구르다가 마침내 울부짖더니 그 자리에서 도망을 쳤습니다. 그는 아파트로 달려가 크라네비터 부인과 함께 있는 엄마를 만났습니다. 다니엘의 엄마는 다름이 아니라 노이만 부인이었습니다. 크라네비터 부인과 노이만 부인은 막 시장을 보러 가는 길이었거든요.

"무슨 일이야?"

노이만 부인이 물었습니다. 그들은 니콜라우스가 있는 쪽을 흘낏 봤습니다.

"너한테 무슨 짓을 했어?"

"나는 방금 남편에게 말했어요……."

크라네비터 부인이 말을 계속 하려 했지만 노이만 부인은 듣지 않았습니다.

"어서, 무슨 일인지 말해봐! 저 인간이 너한테 무슨 짓을 한 거지?"

"저 남자는……, 죽었어. 내가……총을……쏴서……그를……죽이고……말았어."

이 말에 분수대 광장에 있던 다른 사람들도 주의를 기울이기 시작했습니다. 예거 씨는 주차장에서 막 나오고 있었습니다. 그는 그곳에서 이틀마다 세차를 하거든요. 예거 씨는 다니엘의 총을 빼앗아 전문가처럼 살펴보더니 돌려주었습니다.

"말도 안 되는 소리. 그건 장난감이야. 방아쇠를 당겨도 아무것도 발사되지 않아."

그는 다른 사람들을 지나쳐 가서 잔디에 쓰러져 있는 남자에게 다가갔습니다.

"무슨 일이시오?"

예거 씨는 다분히 엄한 목소리로 재차 물었습니다.

"어디 안 좋은 데가 있소? 아픈 거요?"

여전히 아무런 대답이 없는 것입니다.

"그는……죽었다……고요!"

다니엘이 훌쩍거리면서 말을 했어요.

"조용히 하지 못하겠니?"

다니엘 엄마가 주의를 주었습니다.

"이보쇼! 무슨 말이라도 해봐요!"

예거 씨는 이렇게 말하고 쓰러져 있는 남자에게 몸을 숙였습

니다.

"아직 숨은 쉬고 있어요."

그는 몸을 일으켜 다니엘에게 물었습니다.

"무슨 짓을 했는지 얘기해봐. 차례대로."

"그만 내버려두세요. 늘 그렇듯이 놀았겠죠. 저건 그냥 장난감에 불과하단 말이에요."

다니엘 엄마가 말하는 동안에도 누워 있는 남자는 꼼짝 하지 않았습니다.

다니엘은 울부짖기 시작했습니다.

"저 남자가…지나갔단 말이야…나쁜 남자."

"저 남자가 너한테 무슨 짓을 했어?"

다니엘의 엄마가 물었습니다.

"어서 말하지 않을래?"

"아무 짓도 하지 않았어. 그는 그냥 지나갔는데……, 내가 쏴버렸다고."

"저 남자를 겨냥해서?"

"기절한 거다."

예거 씨가 말했습니다.

"놀라서 그런 건지도 몰라요. 심장이 약하거나 뭐 그렇겠지요. 그럴 수 있어요."

"지금 무슨 말을 하려는 거죠? 그러니까 우리 다니엘이……."

다니엘 엄마가 흥분하여 목소리가 높아지기 시작했습니다.

"그건 중요하지 않아요. 얼른 의사를 불러와야 해요!"

마침 근처 주차장에서 마요르 박사님이 자동차에 올라타고 있었습니다. 사람들이 고함을 지르자 박사님이 이쪽을 바라보았어요. 잠시 머뭇거리던 박사님은 천천히 사람들 곁으로 걸어왔습니다.

"무슨 일 있나요? 이 사람은 누구죠?"

"이번에 외교관 집에 새로 이사 들어온 사람이에요."

"새로 이사온 사람이라. 그런데 무슨 일이죠?"

"다니엘이 이 사람을 쐈다는군요."

"총을 쏘다니요?"

다니엘의 엄마는 잔뜩 흥분을 했습니다.

"얘는 그냥 장난을 친 것뿐이라고요. 다니엘은 이 일과 전혀 상관이 없단 말입니다."

마요르 박사님은 바닥에 누워 있는 남자의 웃옷을 약간 밑으로 당기고 귀를 그의 가슴에 바짝 대어봤습니다.

"그는……죽었다고요!"

다니엘이 큰 소리로 울부짖었습니다.

"조용히 해!"

모두가 외쳤습니다.

마요르 박사님은 조용히 귀를 기울이더니 다시 몸을 세웠습니다.

"정상이에요. 정상적으로 심장도 뛰고 있고, 아픈 데도 없어요."

"나는 아픈 데가 없어요."

그제야 니콜라우스가 말을 했습니다. 그는 일어나 앉더니 다리를 모으고 다정한 눈빛으로 주변을 둘러보았습니다.

"전혀 문제가 없다고요."

"저런! 저렇게 파렴치할 수가!"

다니엘의 엄마는 이해할 수 없다는 듯 소리를 쳤습니다.

"도대체 당신은 우리를 어떻게 본 거요?"

예거 씨가 고함을 질렀지요.

마요르 박사님은 힘들게 일어나서 바닥에 앉아 있는 니콜라우스에게 비난하는 어조로 말했습니다.

"이런 연극을 왜 하세요?"

"죄송합니다. 사람들이 박사님까지 부를 줄은 몰랐어요."

"비열하기는!"

다니엘 엄마가 고함을 질렀습니다.

"우리 아이는 평생 충격을 안고 살게 될 거예요. 당신 같은 비인간적인 사람 때문에요. 당신은 범죄자야! 당신을 고발하고 말겠어!"

"이해가 안 되네요."

니콜라우스가 말했습니다.

"댁의 아들은 나와 같이 놀기를 원했단 말입니다."

"거짓말 하지 마!"

다니엘의 엄마가 소리를 질렀습니다.

"우리 아들은 당신을 겨냥해 쏘았을 뿐이라고."

"맞아요, 놀려고 그런 것 아닌가요? 선물받은 총으로 사람을 겨냥해 총을 쏘는 아이가 무엇을 바라겠어요? 당연히 상대가 총을 맞고 쓰러지기를 원하겠죠. 나는 그렇게 생각했어요. 시간도 충분히 있으니, 저 아이 마음에 들게 놀아주고 싶었어요."

마요르 박사님은 아무 말 없이 가버렸습니다. 몇몇 사람들도 그렇게 했지요. 사람들은 머리를 절레절레 흔들며 서로 말을 했습니다. 화가 난 게 분명했습니다.

"나는 이곳 사람들을 이해할 수 없어요."

니콜라우스가 그렇게 말하고 머리를 흔들었습니다.

"이보시오, 당신은 이곳에서 자신을 잘못 소개하고 있는 거요."

예거 씨는 니콜라우스를 아래위로 훑어보았습니다.

"다들 그렇게 얘기하고 있습니다만, 외교관 관사에 막무가내로 쳐들어와서 살 권리가 당신에게는 없어요."

"막무가내로 쳐들어왔다고요?"

"그럼요, 막무가내로 쳐들어왔지요!"

예거 씨는 주변을 둘러보았습니다.

"어쨌거나 이런 식으로 친구를 얻지는 못할 거요. 어떻게 아이를 그런 식으로 놀라게 할 수 있는 거요?"

"그렇게 할 의도가 아니었다니까요."

니콜라우스가 말했습니다.

"하지만 어쩌면 무기 때문일 수도 있겠지요. 무엇보다 아이에게 무기를 선물했다는 게 문제가 아닐까 합니다만."

"더러운 짓이죠."

다니엘 엄마의 목소리는 난폭했습니다.

"내 아들이 놀았던 짓은 더러운 짓이죠. 암요! 다니엘, 자 여기 네 총이야, 어서."

"싫어!"

다니엘은 울부짖으며 총을 받지 않고 뿌리쳤습니다.

"다니엘!"

다니엘 엄마는 위협적인 목소리로 고함을 질렀습니다.

"얼른 총을 들고 집에 가자!"

"싫다니까!"

다니엘은 여전히 울부짖었습니다.

"제발 점잖게 굴어라. 이렇게 행동한 적이 없었잖아?"

하지만 다니엘은 혀를 쏙 내미는 것이었습니다.

그러자 다니엘 엄마는 총을 높이 든 채 다니엘을 끌고 아파트 쪽으로 걸어갔습니다.

"앞으로 저 남자와 다시 말을 했다간 두고 봐라!"

"나는 저 남자와 얘기한 적 없어. 총을 쐈을 뿐이라고."

"누가 언제 저 인간에게 총을 쏘라고 했냐? 네 친구들한테 쏘란 말이야!"

분노

재미있게 놀기나 하렴!

총과 관련된 사건은 이렇게 결론이 나버렸습니다. 나도 레나테와 함께 그 장소에 있었는데, 웃음이 터져나오는 것을 참으려고 몸을 숙여야만 했습니다. 하지만 우리도 처음에는 다른 사람들처럼 정말 놀랐어요.

나는 항상 죽음에 대한 책을 읽었고, 드라마에서 배우들이 연기하는 죽음을 봤습니다. 텔레비전에서 진짜로 죽는 모습도 본 적이 있습니다. 뉴스에서였어요. 유엔 안전보장이사회에 관한 뉴스와 프랑스 총선에 관한 뉴스 중간에 방송사가 예고도 없이 죽는 장면을 보여주더군요. 정확하게 어디인지는 모르겠지만 그곳의 군인들이 묶여 있는 사람들을 총으로 쏘자 사람들은 괴성을 지르다가 넘어졌습니다. 입을 벌리고 눈도 뜬 채로 죽은 사람들의 모습을 화면으로 아주 생생하게 본 것입니다. 나는 너무 놀랐을 뿐 아니라 속도 울렁거렸습니다. 그래서 엄마는 나를 꼭 껴안았어요. 그 다음 날, 토마스는 텔레비전에서 그 장면을 보았다고 얘기했습니다. 클라라와 안드레아스 그리고 베아테 역시 봤다고 하더군요.

많은 아이들이 뉴스를 시청합니다. 이들은 모두 그 뉴스를 보고 경악하는 데 그쳤지만, 안드레아스만이 뭔가 현명한 말을 했습니다. "저런 게 바로 세상이야." 하지만 클라라는 비밀을 살짝 가르쳐주었습니다. 안드레아스는 그런 장면을 보면 흥분해서 소리를 지른다고 말이죠. "이 돼지 같은 놈들! 쓰레기들!" 그렇게 소리를 지르면서 안드레아스가 우는 모습도 본 적이 있다고 했습니다.

이 순간 예거 씨가 우리 곁으로 다가와서, 우리가 하는 말을 듣고는 이렇게 말합니다. "무슨 얘기를 하는 거야? 응? 아이들은 그런 문제에 대해서 얘기를 하는 게 아니야. 너희들은 아직 이해하지 못하거든. 다른 일에나 신경 쓰라고. 숙제나 잘 하란 말씀이야! 알아들었어? 그리고 재미있게 놀기나 하면 돼! 뭐? 잔디밭에서 논다고? 그건 안 돼! 지금 잔디가 한창 자라고 있으니까!"

나는 자주 이런 상상을 해봅니다. 예거 씨의 개 로비가 뱅뱅 도는 바람에 예거 씨가 개줄을 놓치고 잠시 허둥대죠. 그 사이에 로비가 뒷다리를 들어 키 작은 주인님 예거 씨의 바지에 오줌을 싸게 되는 장면을 말입니다.

"에비, 너 지금 엄청나게 공격적이구나."

엄마가 놀라면서 말합니다.

"그 말은, 부풀어 오른다는 뜻이야?"

"비슷해. 너는 지금 분노와 누군가를 공격하고 싶은 욕구로 가득 차 있다는 뜻이지. 그래서 그런 상상을 하는 거야. 실제로 그렇게 할 수 없으니까. 그런 상상을 하면 마음이 약간 가벼워지게 되거든."

참 좋은 생각입니다. 그래서 나는 지금 이런 상상을 해봅니다.

베스트슈타트에 사는 주민들을 소집합니다. 이런저런 문제들, 가령 난방비와 엘리베이터 수리비에 관한 문제도 논의하려고 말입니다. 구청장, 부시장 그리고 코라넥 씨도 연설을 합니다. 코라넥 씨가 연단에 나서자 크라네비터 부인이 "브라보!"라고 외칩니다. 오늘 그는 학부모회의의 회장으로서 베스트슈타트에 사는 아이들이 용돈을 의미 있게 사용할 수 있는 방법을 알려주고 싶다고 말을 합니다. 용돈을 현명하게 사용할 수 있는 좋은 아이디어가 있다면서 말이지요. "왜냐하면 아이들은 우리가 가진 최고의 자산이기 때문입니다." 그의 말입니다.

마지막으로 구청장이 그 밖에 발표할 사람은 없냐고 묻습니다.

"저요!"

내가 그렇게 말하고 앞에 나갑니다.

구청장은 사람들이 많은 까닭에 화를 내지 못하고 친절한 얼굴을 지어보이면서 이렇게 말하지요.

"네 엄마한테나 가보렴!"

하지만 나는 이미 연단으로 나가서 묻습니다.

"나를 좀 들어 올려주실래요?"

"잠시만!"

내 옆에 있던 퀠러 씨가 나를 번쩍 들어서 연단 위에 올려줍니다. 이에 그치지 않고, 자신도 연단으로 올라와 내가 넘어지지 않도록 내 뒤에서 양복바지의 멜빵을 꼭 잡아줍니다. 이런 식으로 연설을 하는 사람은 아무도 없을 것입니다.

"존경하는 신사 숙녀 여러분,"

나는 이렇게 시작합니다.

"엄마한테나 가봐. 방금 나는 이런 말을 들어야만 했습니다. 하지만 늘 듣는 말입니다. 이런 말로 어른들은 우리 아이들을, 나이와 상관없이 아이들을 공적인 삶에서 제외시키려고 합니다. 엄마한테나 가보란 말은, 방해하지 말라는 뜻입니다. 어른이라는 적이 나를 충분히 화나게 하지만, 정작 어른들에게 아이들은 문젯거리라는 것입니다. 동시에 엄마한테나 가보라는 말은, 이 멍청아, 삶이 어떤 것인지도 모를 테니 어서 꺼지라는 뜻입니다. 입 다물고 어른들이 지껄이도록 내버려두라는 뜻입니다. 아이는 아이일 따름이니 입을 다물어야 합니다.

친애하는 신사 숙녀 여러분, 한 대학에 근무하는 강사가 학생들에게 과제물을 하나 내주었답니다. 그러니까 보통 사람들과는 다르거나 숫자상으로 소수를 차지하는 사람들에 관해서 리포트를 내라는 과제였습니다. 예를 들어 다른 언어를 사용하는 사람들이나 다른 종교를 가진 사람들, 외국인 노동자들, 유대인들, 흑인들, 장애인들에 관해 써오라는 것이었습니다. 그런데 한 여대생이 자신은 어린아이들에 관한 글을 쓰고 싶다고 했습니다. 아이들에 관해서? 대학 강사는 그렇게 물었지요. 아이들은 문제나 어려움을 가진 그룹이 아니라고 생각했기 때문입니다.

강사의 말에 따르면, 아이들은 당연히 남자들과 여자들처럼 사회의 구성원에 속한다는 것입니다. 그러자 여자 대학생이 물었어요. 가축처럼 팔려가는 아이들은 도대체 어떤 아이들이죠? 감옥에 갇혀 있는 아이들은? 매일 장시간 노동을 해야만 하고, 그래서 결국 병에 걸리는 아이들? 가령 아시아와 남아메리카의 아이들처럼. 우리나라에도 있어요! 학교나 집에서 아이들은 어떤 대우를 받지요? 정말 아무런 문제가 없다는 말인가요? 여대생은 계속 말했습니다. 아이들이 끔찍한 일상을 보내는 경우를 많이 알고 있다고 말이지요. 강사님은 이에 관해 전혀 아는 게 없으신가요?

　　물론 그도 알고 있지만, 아이들을 좋아하기 때문에 그들에게 뭔가 끔찍한 짓을 한다는 것을 생각해본 적이 없다는 대답을 했습니다. 대학 강사는 아마도 자신과 비슷한 어른들만을 알고 있을지 모릅니다. 여기 이곳에 계시는 어른들처럼 말입니다. 여기 밑에 앉아 계시는 분들과, 바로 제 뒤에도 그런 분이 있습니다. 제가 넘어질까봐 멜빵바지를 잘 잡아주시고 계시지요.

　　하지만 존경하는 신사 숙녀 여러분, 이곳에는 어린아이들을 바보라고 생각하는 어른들도 앉아 계십니다. 저는 바로 그런 어른들에게 경고를 하고 싶습니다. 우리가 어른들에 관해서 얼마나 잘 알고 있는지, 그들을 얼마나 잘 관찰하고 있는지, 감히 상상조차 못할 것입니다. 우리는 어른들이 자신의 것이 아닌 우편물을 열어보는 것도 알고 있으며, 이웃집 정원에 쓰레기를 던져버리는 어른들도 목격하며, 코를 풀어서 더러워진 티슈를 엘리베이터 안에 슬쩍 버리고 가는 모습도 보고 있고, 우리 부모님이 다가오면 우리에게 역겨울 정도로 친절하게 구는 어른들도 알고 있습니다.

우리는 보기만 하는 것이 아니라 듣기도 합니다. 우리는 어른들이 아이들에 관해 무슨 말을 하는지도 잘 듣고 있습니다. '저 낯짝들'이라고 글래저 부인은 말하죠. '저 낯짝들!' 이라고요. 언뜻 들으면 전혀 해로운 뜻이 없지만, 매우 불친절한 단어입니다. 즉, 제가 사전을 찾아보니 이렇게 나와 있더군요. 추한 얼굴, 역겨운 존재. 베르케만 씨가 최근에 이렇게 말하는 것도 저는 들었습니다. "저 하찮은 것들!" 이는 작은 벌레처럼 무가치한 존재라는 뜻입니다. 정말 우리가 듣기에 좋은 말만 골라서 하시는 건 아닌지 모르겠군요. 베르케만 부인은 '말썽꾸러기'라는 표현을 애용하는데, 이 낱말의 어원을 찾아보면 못생기고 털도 없는 새끼임을 모를 것입니다. 노이만 부인은, 안녕하세요, 노이만 부인!, 다른 사람들의 아이들을 '후레자식'이라고 부르지요. 저 역시 한 번은 그런 소리를 들었어요. 아마 제 아빠가 몇 년 전부터 소식이 없기 때문에 그럴 겁니다. 그리고 오래전에는 아빠가 누구인지 모르는 아이를 두고 그렇게 사악한 표현을 사용했어요.

우리는 이 모든 말을 듣고도 참아야 합니다. 왜냐하면 우리가 모욕을 당하지 않도록 보호해줄 법이 없기 때문이지요. 하지만 우리는 어른들, 우리보다 크고 우리의 본보기인 그들이 나누는 대화를 주의 깊게 듣고 있습니다.

만일 어른 두 사람이 벤치에 앉으면 나는 그 곁에 앉아서 비누 거품을 불어요. 비누 거품을 불고 있는 아이를 의식하는 사람은 아무도 없답니다. 비누 거품을 부는 데 온 정신을 다 팔고 있는 것 같거든요. 하지만 비누 거품을 부는 것은 하나도 어렵지 않습니다. 호흡을 하는 것처럼 거의 자동으로 불면 되니까, 다른 것을 생각하거나 사람들이 나누는 얘기를 엿들을 수 있죠. 이런 대화는 대체로 '우리끼리 하는 얘기인데' 라든가 '솔직히 말해서' 라고 시작하기 마련입니다. 그리고는 흔히 깜짝 놀라운 얘기가 나오죠. 텔레비전에서 묶여 있는 사람들을 총살하는 장면을 볼 때와 거의 비슷합니다. 두 사람은 또 흔히 신문에서처럼 단지 수다를 떨기만 하면 됩니다. 신문을 읽어보면 우리끼리 하는 얘기나 솔직히 말해서 식의 기사들이 잔뜩 나옵니다. 쓰레기 같은 내용을 인쇄

해서 그 반응을 기다리는 기사들 말입니다. 즉, 어떤 사람은 감히 뭐라고 믿고 있다! 민망한 나머지 내가 지금껏 침묵하고 있었던 내용을 말했다고 누군가 주장한다! 우리끼리 하는 말인데, 가끔씩 따귀를 한 대 때려주는 것은 아이에게 전혀 해가 되지 않는다. 솔직히 말해서, 남아프리카에 사는 흑인들은 잘 지내고 있다. 우리끼리 하는 말인데, 여자들은 전혀 불평등한 대우를 받는 게 아니다. 솔직히 말해서, 사형제도는 다시 부활해야 한다. 우리끼리 하는 말인데, 실업자들이 진정으로 일하기를 원하면 무슨 일이든 할 수 있다. 솔직히 말해서, 조금 더 질서가 필요하고, 강력한 지도자가 필요하다.

정말 끔찍한 일은 말이죠, 바로 이것입니다. 나와 함께 이곳 파란색 벤치에 앉아 있는 두 명의 어른도, 한때는 저처럼 놀이터에서 모래를 가지고 놀았으며, 숙제도 했던 사람들이라는 것입니다. 그리고 나와 레나테 혹은 토마스와 베아테, 클라라, 발렌틴, 안드레아스와 마르셀, 엘리자베스, 바바라, 알렉산드라, 니콜, 마르티나, 페터와 베른하르트 혹은 이보와 에바, 마리온, 벤자민과 디나, 우리 모두가 어느 날 둘씩 혹은 셋이서 이 벤치에 앉아 아이들의 본보기가 되고, 서로 정치에 관해서 얘기를 나눈다는 것입니다. 우리끼리 하는 말인데, 라고 시작하겠지요.

제가 방금 이름을 불렀던 아이들, 레나테부터 디나까지 이 모든 아이들은 이렇게 결정을 내렸습니다. 우리도 정치에 참여할 것이라고 말입니다. 웃지 마세요, 친애하는 신사 숙녀 여러분! 그렇게 야유하지 마시길 바랍니다. 예거 씨, 나는 당신이 이런 말을 하신 것을 기억합니다. '아이들은 정치와는 상관없다!'"

"물론이지!"

예거 씨가 소리를 지릅니다.

"앞으로도 그래야 해!"

코라넥 씨가 나서서 강조합니다.

"정치란 어려운 문제라는 걸 아이들도 잘 알고 있어요. 다른 많은 어른들에게도 그러할 겁니다. 그러니 왜 아이들에게 정치라는 부담을 지게 합니까?"

"찬성이오!"

크라네비터 부인이 고함을 지릅니다.

"세상에 살고 있는 수백만 아이들은 어른들의 배려에 감사하게 될 것입니다."

나는 잠시 숨을 들이쉬었다가 다시 말을 이어갑니다.

"여러분들은 아이들에게 다가가서 그렇게 말해야 합니

다! 내일이나 모레, 굶주림으로 죽게 될 아이들에게 그렇게 말하십시오. '너희들의 죽음은 정치와는 무관하단다.' 조국을 탈출해 뗏목을 타고 바다에서 몇 주 동안 지내는 아이들에게 말하십시오. 너희들의 공포는 정치와는 아무런 상관이 없다고 말입니다. 폭탄으로 피해를 입은 아이들, 테러리스트들이 던진 폭탄과 공군기가 투하한 폭탄에 피해를 입은 아이들에게 이렇게 설명하시지요. '너희들의 고통은 정치와는 상관이 없어.' 열악하고 무시무시한 환경에 처한 아이들에게도 제발 그렇게 말하시지요. 어른들이 심어놓았던 증오심은 정치와는 무관하다고요. 우리는 너희 어린아이들에게 부담을 주고 싶지 않다고 말입니다.

여러분들은 세부적인 내용까지 듣고 싶지 않으리라고 봅니다. 단지 이렇게 생각하시겠지요. 세상에서 일어나는 온갖 불행을 어떻게 모두 막아낼 수 있으며, 가능하면 잘 지내는 아이들이 잘 못 지내는 아이들의 사정에 대해 전혀 모르도록 배려해야 된다고 말입니다. 하지만 어떻게 그렇게 할 수 있습니까? 아이들은 라디오의 뉴스를 듣고, 텔레비전의 논평을 듣고, 신문을 읽고, 잡지를 읽으며, 어른들이 나누는 대화도 듣습니다. 아이들은 오늘날 세상에서 일어나는 모든 일을 경험합니다. 하지만 이 때문에 우리가 놀라고 두려움을 갖게 되더라도, 아무런 도움을 받지 못하고 있습니다. '그런 문제는 신경 쓰지 마라! 우리는 너희들을 부담스럽게 하고 싶지 않단다'라고 말한들 무슨 소용이 있습니까?

따라서 우리는 이런 결정을 내렸습니다. 우리가 누군가를 불편하게 만든다고 해서 마냥 엄마에게 돌려보내지 말라는 것입니다. 우리는 스스로 생각하고 싶고, 스스로 알아서 행동하고 싶습니다. 잘 할 수 있어요! 물론 우리가 알고 있는 작은 세계에서부터 뭔가를 시작하고자 합니다. 집과 학교, 동네에서 말입니다. 우리는 그저 무엇이 마음에 들고 무엇이 그렇지 않다는 것을 말할 것입니다. 이것 역시 정치라고 우리는 생각합니다. 이렇게 하기 위해서 우리는 뭔가를 고안해 냈습니다. 그것은 바로 아이들의 이의제기입니다.

예를 들어보겠습니다. 에어링어 선생님은 3학년 아이들에게 이의편지를 도입했습니다. 이를 통해서 아이들은 무엇을 하고 싶은지 말할 수 있는 것이지요. 하지만 선생님은, 만일 뭔가를 제안할 때는 그렇게 할 권리가 진정으로 있는지 깊이 생각하는 편이 좋다고 합니다. 따라서 아이들은 충분히 고민한 끝에 이런 제안을 했습니다. 왜 우리는 날씨가 좋은 날 학교 정원에서 수업을 받을 수 없을까요? 혹은, 수학시간에 진도가 너무 빨라서 몇몇 아이들은 이해할 수 없으니 조금 천천히 가르쳐주면 좋겠습니다. 또는, 우리는 팝아트 같은 노래를 부르고 싶습니다. 좋아요. 그런데 교장 선생님이 그만 이 사실을 알게 되었습니다. 여자 교장선생님은 이의편지를 그 즉시 금지하고는 이렇게 말했습니다."

"무슨 말을 하려는 거야?"

연단 밑에서 여자 교장선생님이 소리를 지릅니다.

"맞아요. 방금 들으셨던 말을 하면서 그녀는 이의를 제기할 수 있는 제도를 금지시켰습니다. 에어링어 선생님은 슬프고, 아이들도 슬프고, 우리 역시 슬프단다. 내일이면 벌써 베스트슈타트에 있는 다섯 개의 게시판에 이런 소식을 읽을 수 있습니다. 즉, '아이들의 이의! 회퍼 교장선생님은 이의를 제기하는 편지를 금지했기 때문에 많은 아이들의 비난을 받을 것이다.' 우리의 게시판에 뭔가 낙서하고 싶은 어른들은 그렇게 하라고 합시다. 보통은 아이들이 낙서를 해서 어른들을 화나게 하지만요. 그러나 욕설은 사양하겠습니다!

자 이제, 존경하는 신사 숙녀 여러분, 어른분들에게 감사해야 하겠지요. 당신들이 없었다면 우리도 존재하지 못했을 테니까요. 크라네비터 박사님은 예전에 이런 얘기를 해주었습니다. 어린아이들은 둥지에서 당연히 어미의 보호를 받고 먹이를 얻어먹는 새끼라고 하셨어요. 이 같은 보호와 보살핌

덕분에 우리는 현재 살아갈 수 있으며, 나중에 우리도 지금의 어른들과 똑같이 하게 되겠죠. 또한 우리는 항상 한 단계 더 높이 올라갈 수 있도록 우리를 도와준 분들에게 감사드립니다. 특별히, 우리가 넘어지지 않도록 붙잡아주는 어른들에게는 더욱 감사의 마음을 바칩니다. 바로 제 뒤에 계시는 어른과 같은 분들입니다."

나는 머릿속으로 이 같은 상상을 해보았습니다. 이제 마음이 조금 후련해졌어요. 어쨌거나 나는 오늘 예거 씨를 만났고 그에게 아주 명랑하게 인사할 수 있었습니다. 여느 때처럼 연기를 하지 않고 진심으로 "안녕하세요, 예거 씨!"라고 말입니다. 그는 눈썹을 치켜들고 나를 바라보았습니다. 마치 나를 봐서 놀랐다는 표정이었는데, 금세 윙크를 하면서 이렇게 말하더군요. "안녕, 소년아!" 일종의 농담이겠지요. 그리고는 한 손으로 내 머리를 슬쩍 만졌습니다. 로비는 꼬리를 흔들었는데, 사람들이 자신에게 인사를 하지 않으면 꼭 그렇게 합니다.

정원

너도 나처럼 목이 마르니?

갑자기 가슴이 뛰는 시기가 찾아왔습니다. 때는 5월과 6월이었고, 많은 소설에서처럼 사건은 갑자기 일어났습니다.

우선 나는 니콜라우스 프레가르트 씨를 알게 되었습니다. 새로 이사온 남자죠. 발렌틴이 나를 이 남자에게 데려가주었습니다. 여섯이나 일곱 명의 아이들이 그의 정원에 모일 때도 많았습니다. 하지만 니콜라우스는 그리 신경 쓰지 않았어요. 그는 우리에게 노래를 불러주면서 가사도 가르쳐주었어요. 또한 아프리카식으로 노는 방법도 알려주었습니다. 손뼉을 치면서 간단한 곡을 계속 반복해 부르면 되었습니다.

니콜라우스는 아이들을 전혀 귀찮아하지 않습니다. 그는 나무와 지붕의 물받이 홈통 사이에 매어둔 흔들침대에 누워서 기타를 연주합니다. 책을 읽는 경우는 매우 드물고요. 만일 아이들이 너무 오랫동안 노래를 부르면, 갑자기 담 너머에서 이런 고함소리가 들려옵니다. "조용히 해! 참을 수가 없단 말이야!"

그라디치 씨의 고함소리입니다.

"조용히 해!"

아이들이 너무 시끄럽게 노래를 하면 니콜라우스도 고함을 지릅니다.

"뭔가 다른 노래를 불러, 좀더 조용한 노래!"

예거 씨도 아이들이 분수대 광장에서 손뼉을 치며 노래를 하자 화를 냈습니다.

"무슨 흑인들 춤을 추고 있는 거야? 뭐야 이거? 다들 돌았어? 문화도 없는 거야? 다른 놀이는 할 줄 몰라? 독일 놀이도 충분히 많잖아. 응?"

클라라는 참을 수 없다는 듯 그를 쳐다보고 말합니다.

"이런 노래 말이에요? 마리엔은 돌 위에 앉아 있었네, 돌 위에, 돌 위에?"

"그래!"

예거 씨가 울부짖습니다.

"가령 그런 노래도 있잖아. 그게……."

"저기 카알이 오네, 카알이 오네?"

"바로 그거야! 그런 게 바로 오래전부터 내려오는 좋은 노래지."

그러면 클라라는 계속해서 노래를 합니다.

"그는 마리엔의 가슴을 찔렀어요, 가슴을, 가슴을……."

그리고 이렇게 말을 합니다.

"이건 세상에서 가장 멍청한 노래야."

저녁 무렵 나는 예거 씨가 노이만 부인에게 하는 말을 듣게 되었습니다.

"그라디치 집의 역겨운 아이들은 어찌나 무례하고 버릇이 없는지!"

노이만 부인은 혀로 쯧쯧 소리를 냈습니다.

"왜 그러세요? 이탈리아식 교육방법이겠지요."

우리는 니콜라우스를 니코라고 부릅니다. 그에게 우리는 당연한 듯 존대말을 사용하지 않습니다.

나는 그와 단둘이 정원에 있을 때도 많습니다. 그게 가장 좋아요. 그는 나에게 그림책을 주지만, 나는 몰래 내용도 읽습니다. 조용하고 편안해요. 니코가 흔들침대에서 흔들거리면 나지

막한 소리가 납니다. 흔들흔들. 그리고 내가 그를 한참 동안 바라보고 있으면, 나 자신도 흔들거리는 느낌이 들어요. 졸음도 오고요. 때때로 니코는 인상을 쓰면서 읽고 있는 책에 뭔가를 기록하기도 하는데, 이때마다 파이프를 물고 있습니다. 물론 피우지는 않고 그냥 물고만 있습니다. 그 사이 제3의 존재가 등장하는데 우리를 방해하지는 않아요. 바로 그라디치 씨 집에서 기르는 고양이 카를로입니다. 이 녀석은 한동안 타일이 깔려 있는 바닥 위에 앉아서 니코를 쳐다봅니다. 흔들침대가 이리저리 흔들거리는 모습을 바라보는 것입니다. 그러면 니코가 말해요. "음, 무슨 일이야?" 이때 고양이는 니코의 배 위로 단번에 올라가 야옹하고 소리를 냅니다.

우리는 한 시간 동안이나 아무런 말도 하지 않고 있을 때도 많아요. 그러다가 니코는 갑자기 일어나 힘차게 기지개를 켜고는 나에게 묻습니다. "너도 나처럼 목이 말라?" 우리는 후추를 약간 넣은 오렌지 주스를 마십니다. 니코는 이렇게 마시는 게 아이들 건강에 얼마나 나쁜지를 설명합니다. 그리고는 다시 흔들침대에 누워 불이 붙지 않은 파이프를 입에 물고 있어요. 이런 순간이면 나는 정말 편안합니다.

담 너머에서 "질문하는 시간요!"라는 소리를 듣는 경우도 많습니다. 발렌틴은 질문을 시작하고, 그의 아빠는 신문을 읽으면서 대답을 하죠. 몇 가지 대화는 기억하고 있답니다.

"아빠, 목가적인 분위기가 뭐예요?"

"목가적인, 목가적인이라, 그것은 말이야 목가적인 풍경이라는 뜻이야."

"아, 그렇구나!"

"그러니까 소박하고 평화로운 분위기라고 하지. 어린 양들이 뛰어다니고, 양치기는……"

"어떤 어린 양요?"

"아, 그건 어미 양이 지키고 있는 어린 양이야."

"그럼 목가적인 분위기는 뭐죠?"

"잘 들어봐, 우리 예전에 알트하우젠에 갔었지. 농부들이 사는 곳 말이다. 저녁이면 마당에 앉아서 어린 울리케는 유모차에 두고 우리는 재미난 얘기를 오순도순 주고받았잖아. 농부의 할머니가 사과도 깎아주었고, 요셉은 가축을 데리고 집으로 돌아왔지. 정말 고요한 저녁이었고, 태양은 지고 있었어. 개는 네 발을 앞으로 하고 태평스럽게 뒹굴고, 가끔씩 파리를 잡으려고 움직였지. 바로 그거야! 모르겠어? 그런 순간이 바로 목가적인 분위기라는 거다."

"음, 울리케도요?"

"그럼, 어린애도 마찬가지지."

"개도?"

"그럼, 개도 그렇지."

"그럼 어린 양들은 어디에 있었어요?"

"저녁 먹으러 와!"

이때 발렌틴의 엄마가 집안에서 고함을 지릅니다.

또 이런 적도 있었어요.

"아빠, 다나가 뭐야?"

"뭐?"

"다나."

"누가 그런 말을 하던?"

"크라네비터 부인이, 우리 클라라는 다나하단다, 라고 말했거든요."

"아, 단아!"

"그거야, 아빠!"

"단아란 단아야."

"그런데 단아함을 지니고 있다고 하면, 무엇을 가지고 있는 거야?"

"그 부인이 그렇게 말했어?"

"응. 나쁜 말이야?"

"아니, 아주 좋은 말이지. 단아함이라……. 있잖아, 한 소녀가 단아함을 지니고 있다는 것은 단아하다는 뜻이야."

"허걱."

"알겠지?"

"글쎄. 그러면 어떻게 되는데?"

"많은 소녀들은 단아해. 그렇지만 모든 소녀가 단아하지는 않지. 아주 우아하게 움직이는 거야, 알아? 이렇게 부드럽고, 뭐 그런 거지. 너는 이런 말을 사용할 필요가 없어."

"그러면, 우-아-하-게 움직이는 건 뭐야?"

또 이렇게 질문할 때도 있었습니다.

"아빠, 아빠는 인간적이야?"

"내가 어떻다고?"

"인간적."

"어떻게 그런 생각을 하게 되었어?"

"아빠는 그렇지 않다는 거야?"

"아니, 아, 맞아! 그러니까 말이다, 왜 이런 질문을 하는 거야?"

"노이만 부인이, 코라넥 씨는 너무나 인간적이라고 말을 했거든. 사장으로서도 그렇고, 페겔 씨한테도 그렇고."

"페겔 씨한테는 잘 된 일이군."

"인간적인 사람은 어떤 사람이야?"

"너 오늘 정말 내 신경을 건드리는 질문을 하는구나."

"어떤 사람이냐고?"

"인간적이지. 인간 같다는 거야."

"사장들은 그렇고, 그러면 사장이 아닌 사람들은 전혀 인간적이지 않아?"

"뭐라고?"

"보통 사람들 말이야."

"물론이지. 보통 사람들도 말이나 소나 고양이가 아니야. 모든 사람들은 인간이지. 하지만 동일하지는 않아."

잠시 조용했습니다. 그런 뒤 그라디치 씨의 웃음소리가 들렸어요.

"분명해졌어?"

"아니, 전혀 그렇지가 않아."

"그러면, 잘 들어봐. 어떤 사람이 인간적이라고 하면, 그 사람은 사회성이 있다는 뜻이야. 아니다, 다시 설명해볼게. 그런 사람은 다른 사람들을 배려할 줄 안단다. 다른 사람들이 잘 지내는지 어떤지 신경을 쓴다는 거지."

"아."

"이제 이해가 돼? 그런 사람은 다른 사람이 잘 살아갈 수 있도록 해주지."

"아하."

또 잠시 조용해졌습니다.

"인간적인 사람은 누구를 잘 살게 해준다는 거야?"

"가령 페겔 씨 같은 사람이지."

"하지만 페겔 씨는 살고 있잖아!"

"그래그래그래! 하지만 그런 사람은 페겔 씨가 잘 살 수 있게 해준다는 거야."

"그러면 인간적이지 않은 사람이라면?"

"그러면 페겔 씨를 잘 살 수 없게 하겠지."

"그러면 살인자야?"

며칠 전에는 발렌틴과 발렌틴의 아빠 사이에 이런 질문이 오 갔습니다.

"아빠, 툴루가 뭐야?"

"뭐?"

"툴루."

"툴루? 몰라. 어디에서 들었니?"

"신문에. 함부르크 동물원에 툴루가 있다고 나왔어."

"그렇다면 동물인가 보네. 분명해. 내 생각에는 새인 것 같 다. 부리가 달린 검은 새."

"아니. 잡종의 낙타래."

"그렇게 나와 있어? 당장 신문을 가져와봐!"

신문을 넘기는 소리가 났습니다. 그리고는 발렌틴의 아빠가 중얼거렸지요.

"아, 그렇군. 여기 분명하게 나와 있네. 단봉낙타와 쌍봉낙타의 잡종이라. 그냥 낙타잖아."

"그러면 왜 잡종이라고 해?"

"잡종이 아니라, 예를 들어서 말이다. 엄마 낙타는 쌍봉낙타이고, 그러니까 봉이 두 개라는 말이지. 아빠 낙타는 단봉낙타, 즉 봉이 한 개인 낙타라는 말이야. 만일 이 두 마리가, 다시 말해서 봉의 수가 다른 낙타들 사이에 새끼가 생기면, 낙타새끼, 이 새끼를 잡종이라고 한단다. 이 경우에는 툴루라고 부르지."

또 잠시 아무 말이 없었습니다. 그리고 발렌틴이 말했어요.

"그럼, 툴루는 봉이 몇 개야?"

니코는 큰 소리로 웃기 시작합니다. 그의 웃는 모습은 정말 멋지답니다. 그러면 그라디치 씨가 담 너머에서 큰 소리를 칩니다.

"우습다 이거죠? 어디 한번 직접 당해보슈. 발렌틴, 저 사람한테 물어봐. 니코에게 툴루는 봉이 몇 개인지 물어봐!"

"툴루는 봉이 몇 개인가요?"

발렌틴이 담 너머에서 묻습니다. 하지만 니코도 역시 모른답니다.

　　"아마 세 개일 거야."

　　니코가 말해요.

　　"아니면 한 개 반."

　　그라디치 씨가 제안합니다.

　　"이렇게 무식해서야."

　　발렌틴이 불평을 합니다.

친구들

얼마나 조용하게 말하는지

어느 날 니코는 책을 읽다 말고 이렇게 말합니다.

"여기 이것 좀 봐, 에버하르트."

그리고는 나에게 읽던 책을 내밀었습니다.

"왼쪽 밑에 이 그림. 그 밑에 뭐라고 쓰여 있지?"

사진에는 새끼를 데리고 있는 코뿔소 어미가 있습니다.

"새로 태어난 코뿔소는 매일 20리터의 우유를 먹고, 매일 2킬로그램에서 3킬로그램씩 체중이 늘어난다. 너무 빨리 성장하기 때문에 누워서 우유를 먹어야 한다. 일 년이 지나면 코뿔소는 600킬로그램이 된다."

끝까지 읽고 나자 갑자기 식은땀이 났습니다. 나도 모르게 내 정체를 드러냈으니까요. 나는 니코를 바라보았어요.

"그런 거군."

그가 말합니다.

"너도 몰랐지? 우유가 얼마나 건강에 좋은지 새삼 알 수 있네. 적어도 코뿔소한테는 말이다. 우유회사는 이 녀석들을 광고에 내보내야 해."

그는 책을 다시 받아 쥐고 말합니다.

"네가 책을 읽을 수 있다는 걸, 나는 벌써 알고 있었어. 왜 숨기는 거냐?"

"그게 나을 것 같아서."

나는 어쩔 수 없이 솔직하게 대답했습니다.

"글을 읽을 줄 아는 게 무슨 죄라도 되는 거야?"

"내 나이에는 정상이 아니니까."

"그래서?"

"우리 할머니가 말하기를, 정상이 아닌 것은 수치라고 했거든."

"끔찍하군. 할머니도 아시니?"

"아뇨."

"엄마는?"

"엄마한테 배운 걸."

그는 고개를 끄덕이더니 말합니다.

"어쨌거나. 다른 사람들한테는 비밀로 해주마."

한참 뒤에 이렇게 묻더군요.

"너 정말 다섯 살이 맞아?"

"다섯 살 반이야."

이날 저녁 엄마는 퇴근길에 내 자전거가 니코의 집 앞에 세워진 것을 보고 초인종을 눌렀습니다. 이 사내가 어떤 사람인지 보기나 해야지. 엄마는 그런 생각을 했던 것입니다. 니코가 문을 열었습니다.

"안녕하세요, 에버하르트가 아직 이곳에 있는 것 같아서요. 저는 아이의 엄마 되는 사람입니다. 방해가 되지 않았으면……."

니코는 한동안 엄마를 바라보더니 미소를 지으며 말했습니다.

"잘 있었어, 크리스틀?"

그리고는 왼손으로 수염을 가리고 오른손으로 안경을 벗었습니다.

"니콜라우스!"

엄마는 어리둥절해서 할 말을 잊었습니다.

우리는 니코의 정원에서 같이 저녁 시간을 보냈습니다. 그는 엄마와 나를 그냥 보내지 않고 그릴용 불을 피워서 소시지를 구워주었습니다. 엄마는 시장을 봐온 것을 모두 내놓았어요. 빵, 무, 녹색 파프리카와 노란색 파프리카, 오이, 치즈, 버터우유. 나는 소시지를 많이 먹었습니다. 예외적인 경우였어요.

밤이 되어 기온이 내려가자 니코는 계속 숯을 그릴 위 던져 넣었습니다.

"캠프 파이어야."

엄마에게는 담요를 한 장 가져다주었고, 나는 자신의 스웨터를 돌돌 말아주었어요. 엄마와 니코는 또 얘기를 했습니다. 니코는 교사였는데, 역사와 사회, 경제를 가르쳤다고 합니다. 대학교에서 그는 민속학을 공부했어요. 그와 엄마는 바로 같은 대학교에서 공부를 하다가 만났다고 합니다. 또한 아빠를 알게 된 것도 대학에서였고요. 민속학을 6학기 공부한 뒤 니코는 개발도상국 봉사자로 지원을 했고, 다시 교사가 되었습니다. 거의 7년 전의 일이라고 합니다. 나는 두 사람이 하는 대화를 조용히 듣고 있으니 따뜻해지는 느낌이 들었습니다. 내가 걸치고 있는 아프리카 스웨터에서는 독특한 냄새가 났는데, 땀과 흙, 그리고 알 수 없는 양념 냄새가 났습니다.

다음 날 아침 내 방 침대에서 깨어나자, 나의 머리에서는 물론 베개에서도 나무냄새가 물씬 풍겼지요.

"니코가 이곳까지 데려다줬어. 아브라함의 무릎을 베고 누운 것처럼 죽은 듯 자더구나."

아브라함의 무릎이라, 왠지 듣기가 좋았습니다.

니코가 우리 동네에 들어와 처음으로 다투었던 사람은 바로 노이만 부인이었습니다. 다니엘이 총을 들고 놀았던 일 때문이었지요. 두 번째 사람은 예거 씨였습니다. 사람들이 다니지 않는 아주 이른 새벽에 예거 씨는 모래가 있는 우리의 놀이터에서 사랑스러운 눈길로 로비를 바라보고 있었습니다. 이 녀석은 이리저리 다니며 냄새를 맡더니 마침내 한쪽 다리를 들었지요. 예거 씨는 이때 니코가 집에서 나오는 모습을 보지 못했답니다. 니코는 모래 놀이터에서 한참 볼일을 보고 있는 로비를 갑자기 덮쳤습니다. 하지만 아직 볼일이 덜 끝나서 오줌이 몇 방울씩 떨어지고 있었기에 니코는 로비를 멀찌감치 들어서 잔디 위에 내려놓았고, 로비는 놀라서 짖었지만 이내 꼬리를 흔들었습니다. 왜 꼬리까지 흔들었는지 알 수 없더군요.

예거 씨도 몰랐습니다. 그래서 그도 고함을 질렀어요.

"도대체 이게 무슨 짓이오? 내 개를 덮치다니! 혹시라도 내 개가 아프면 당신이 놀라게 해서 그런 겁니다. 아시겠어요?"

"또 무슨 일인가요?"

크라네비터 부인이 집에서 나오면서 새로 이사온 남자가 또 볼거리를 만드는 데 큰 관심을 보였습니다.

"내 개를 공격했어요, 이, 이⋯⋯."

"왜요? 계속 말해보시죠?"

니코가 큰 소리로 말했습니다.

크라네비터 부인은 당황한 모습이 역력했습니다.

"부끄러운 줄 아세요!"

그녀는 니코에게 다짜고짜 윽박질렀습니다.

"이렇게 조그만 개를, 당신처럼 큰 사람이. 저 불쌍한 개가 당신한테 무슨 짓을 했다고 그래요?"

"나한테요? 아무 짓도 안 했죠. 하지만 무슨 일을 저지르기는 했습니다. 그것도 주인의 허락을 받고 말입니다. 여기 계시는 주인한테 물어보시죠."

그는 예거 씨를 가리켰습니다.

"무슨 말을 할지 정말 듣고 싶군요."

니코는 팔짱을 끼더니 대답을 기다렸습니다.

"이 사람이?"

예거 씨는 분노하면서 로비를 확 당겼습니다.

"뭘 그리 봐요? 자, 가자, 로비!"

예거 씨는 개를 데리고 사라졌고, 크라네비터 부인은 니코를 아래위를 훑어보면서 점잖은 목소리로 말했습니다.

"동물에게 친절하지 않는 사람은 아이들에게도 마찬가지라오. 아시겠어요? 나는 말이죠, 여기에 있는,"

그녀는 팔로 커다란 원을 그리면서 온 동네를 가리켰습니다.

"모든 부모들에게 당신을 조심하라고 경고할 거예요."

"아이가 있으세요?"

"물론이죠!"

"여기 이 모래가 있는 놀이터에서 노나요?"

"이제 다 자라서 그렇지는 않아요."

크라네비터 부인이 퉁명스럽게 대답했습니다.

"다행이네요. 아주머니가 하고 싶은 대로 하십시오. 부모들에게 경고를 해야지요! 모래가 있는 이 놀이터에 대해서 경고를 해야 하고 말고요! 그럼, 좋은 아침 되십시오!"

크라네비터 부인은 놀라서 니코의 뒷모습을 빤히 쳐다보았습니다. 마침내 니코의 말이 무슨 뜻인지 이해하고는 이렇게 말했습니다.

"세상에! 이 따위 얌체 짓을 하다니!"

그녀는 예거 씨를 염두에 두고 말했습니다. 예거 씨는 아무런 잘못도 하지 않은 것처럼 행동하면서 부리나케 도망을 쳤습니다. 그리고 이제 눈곱만하게 보입니다.

이야기

착한 돼지야, 유감이로구나

할머니는 최근에 엄마에게 말했습니다.

"내 생각에, 쟤는 책을 전혀 좋아하지 않는 것 같구나."

물론 쟤란 저를 가리키는 것이지요.

"왜 그렇게 생각하세요?"

엄마는 웃음이 터져나오는 것을 겨우 참으면서 물었습니다.

"내가 책을 읽어줄까 하고 물어보면, 항상 싫다고 하거든. 크리스마스 그림책은 한 번도 안 봤을 거야."

그렇지 않습니다. 나는 항상 그림책을 보지만, 한두 번 정도만 볼 뿐이죠.

"네 아빠는 말이야, 네 나이였을 때 벌써 글자를 알았어."

나는 할머니가 가져온 크리스마스 그림책을 잡고 읽었습니다.

"착한 돼지야, 유감이로구나, 너는 오래 살지 못해."

"이 녀석이 책을 읽어!"

할머니는 놀라서 고함을 질렀습니다.

"책을 읽는다니까!"

"속담도 외고 있어요."

엄마가 부엌에서 큰 소리로 대답했습니다.

할머니는 조금 실망을 했어요. 동시에 안심도 했지요. 왜냐하면 내가 책을 읽을 줄 안다면 자신의 아이, 즉 나의 아빠보다 훨씬 더 뛰어난 아이가 된다는 뜻이니까요.

"애야, 저 아이는 아비처럼 꼭 대학에 가야 한다는 것을 명심해라."

할머니가 말했습니다.

"저처럼요."

엄마가 자신을 두고 그렇게 말했습니다.

"물론, 너도 대학을 다니기는 했지. 어쨌거나 지금부터 저 애는 책에 익숙해져야 해. 어디에선가 읽어보니, 아이들은 일찍부터 책을 읽도록 잘 구슬려야 한다더라. 나도 앞으로는 그렇게 할 작정이다. 너희 집에 오면 항상 저 녀석에게 책을 읽어줘야겠다.

너는 그러지 않잖니?"

그리고 할머니는 나에게 책을 읽어주었습니다.

"자, 이건 말이다, 무엇이든 잘 먹지 않고 입이 짧은 아이에 관한 얘기란다."

이 이야기는 할머니가 제일 좋아하는 이야기였습니다.

"얘는 왜 이렇게 못생겼어요?"

"못생긴 게 아니야, 에버하르트! 동그랗고 정말 건강한 아이야."

"못생겼어요."

"자, 들어봐라. 다음 날, 여기, 여기 좀 봐라! 아까보다 훨씬 말랐지?"

"말랐다고요?"

"그래, 말랐잖아. 왜 그러냐 하면 적게 먹었기 때문이야. 너처럼 말이다. 아이들은 많이 먹어야 해. 그래야 키도 크고 힘도 세어지거든."

정작 이런 말은 엄마에게 적합한 말이었습니다.

"이 이야기를 쓴 사람은 의사였어. 의사란 무엇이 아이에게 좋은지 늘 알고 있지."

"마요르 박사님처럼요."

"아냐, 그 여자는 아니야. 제발 좀 잘 들어보렴!"

나는 입이 짧은 아이의 이야기가 어떻게 진행되는지 열심히 들었습니다.

"나흘째 되던 날 마침내 카스파르는 가는 실처럼 얇아졌습니다. 반 로트 정도의 무게가 나갔어요."

"로트가 뭐예요?"

"음, 그건 킬로그램이랑 비슷하다."

"1로트는 1킬로그램요?"

"아니, 꼭 그런 거는 아니고, 아마 10킬로그램이던가? 어쨌거나 계속 들어봐. 그 아이는 반 로트가,"

"말도 안 돼."

엄마가 중간에 끼어들더니 사전을 가져왔습니다.

"로트, 여기에 나와 있기로는, 16과 2/3그램이라고 하네. 그렇다면 반 로트라면 대략 8그램이야."

"그러면 어느 정도의 무게예요, 할머니?"

"아주 가벼워, 에버하르트. 불쌍한 카스파르는 그렇게 야위었단다. 너무 적게 먹어서 말이야."

"편지 한 장을 넣은 봉투 정도의 무게라고요."

엄마는 말도 안 된다는 표정을 지었습니다.

"그렇게 얇았다고?"

나는 놀라서 소리를 질렀습니다.

"그건 말도 안 돼!"

내가 웃기 시작하자 할머니는 입이 짧은 아이 카스파르를 더 이상 읽지 않았습니다.

그런데 할머니는 『틸 오일렌슈피겔』을 읽어주는 것이었습니다. 물론 이 책은 어른들이 읽는 책을 청소년용으로 만든 것입니다. 나는 오일렌슈피겔(틸 오일렌슈피겔: Till Eulenspiegel, 14세기의 익살꾼 이름)을 싫어합니다. 게다가 이미 오래전에 나는 어른들이 읽는 책을 다 읽었지요.

"오일렌슈피겔은 나쁜 남자야."

나는 할머니에게 약간 퉁명스럽게 말했습니다.

"아니야, 에버하르트. 다른 사람들이 나쁘지. 오일렌슈피겔은 다른 사람들에게 재미있는 장난을 치고, 그만의 방식으로 사람들을 벌주는 거란다. 이해하겠니?"

할머니를 비난할 수는 없습니다. 연구를 많이 한 교수님들도 그렇게 주장하니까요. 적어도 이 이야기의 일부분을 읽어보면, 오일렌슈피겔은 정당하고 정직한 사람이라고 이들은 주장합니다. 하지만 이 책을 읽어보면, 그가 사팔뜨기 여자에게 사팔뜨기라고 말하는 내용이 나옵니다. 그가 단순히 진실을 말하기 때문에 사팔뜨기라고 말하는 내용에 고상한 어떤 것이 들어 있다고 할 수 있을까요? 오일렌슈피겔이 바보 같은 여자를 만나 그녀

집에 있는 개의 털을 뽑는데, 이것이 과연 정당하다는 말일까
요? 말의 꼬리를 뜯어내고서는, 말을 사고자 하는 사람에게 그
가 이 꼬리를 잘라버렸다고 말하는 것이 진리 혹은 정의와 무슨
상관이 있다는 것일까요? 두 번째 혹은 세 번째 이야기마다 오
일렌슈피겔은 낯선 침대에서 대변을 보거나 음식을 차려놓은 식
탁 혹은 약국에서 대변을 보는데, 출판사에서는 이런 내용이 청
소년들에게 적합하지 않다고 생각하여 이 부분을 삭제해버렸습
니다. 그래서 할머니는 이런 내용이 있는지조차 모른답니다.

"에버하르트야, 들어보렴. 오일렌슈피겔은 이발사를 만났어.
이발사란 요즘으로 치면 미용실에서 머리를 해주는 사람이지.
이 이발사가 말하기를, 친구여, 먼저 가 있게나. 저기 창문이 높
게 달려 있는 집이 보이겠지? 그곳에 일단 먼저 들어가 있으면,
내가 따라 들어가겠네. 그래서 오일렌슈피겔은 곧장 그 집의 높
은 창문을 훌쩍 넘어서 거실로 들어갔지."

"왜요?"

"뭐? 아니, 왜라니?"

"왜 문으로 들어가지 않았냐고요? 그 집에는 문이 없었나
요?"

"아니, 그게 아니라, 이발사가 그렇게 하라고 해서 창문으로
들어간 거야. 보자, 어디까지 읽었더라? 여기, 여기 있구나. 창

문이 높은 곳에 달려 있는 집 안으로 들어갔다. 그러니까 오일렌슈피겔은 이발사가 시키는 대로 했어. 하지만 그래서 어떻게 되었는지 들어보렴. 이발사가 집으로 왔을 때, 깨진 창문을 보고 매우 분노를 했다."

"왜요?"

"오일렌슈피겔이 문으로 들어오지 않고, 창문을 통해서 들어와서 그런……."

"이발사는 오일렌슈피겔에게 창문을 통해 들어가라고 했댔잖아요. 그런데 이제는……."

"그랬지, 그래."

할머니는 어떻게 대답해야 할지 몰랐습니다.

"어머님!"

그때 엄마가 할머니를 불렀습니다.

"그 이야기는 애한테 어려운 내용이에요. 이해하지 못하잖아요."

"그렇구나."

할머니는 입을 약간 삐죽이더니 책을 덮었습니다.

"아비보다 똑똑한 아이는 아닌 게야."

"오일렌슈피겔은 나쁜 사람이야!"

나는 참지 못하고 다시 한 번 큰 소리로 고함을 질렀습니다.

할머니가 돌아가고 저녁이 되자 엄마가 말했습니다.

"뭔가 좀 찜찜해."

나는 엄마가 무슨 뜻으로 그런 말을 했는지 바로 알 수 있었어요.

"너는 오늘 오일렌슈피겔 하고 똑같이 행동했어."

"나쁜 사람으로?"

"그래, 약간은."

"가만히 있을 수 없었다고. 또 그렇게 따지고 놀리니까 재미도 있었어."

"그러니까 그게 바로 오일렌슈피겔이지."

엄마의 말은 맞는 말이었습니다. 우리는 할머니를 지금과는 조금 다르게 대해야 한다는 데 의견일치를 보았습니다. 엄마의 말에 따르면, 우리의 태도를 바꿔야 하는 게 아니라, 우리 자신을 바꿔야 한다는 것입니다. 우리는 할머니에게 불친절하거나 무례하게 행동한 적은 없습니다. 다만 할머니를 보다 더 잘 이해하고 보다 더 공정하게 대할 수 있도록 배려해야 한다는 뜻이었습니다.

"우리는 지금보다 할머니를 더 사랑해줘야 해."

엄마는 그렇게 말했지요.

"그렇게 하려면 어떻게 해야 해?"

"우리에게 할머니가 정말 필요하다는 느낌을 전달해야 해."

"왜?"

"또 오일렌슈피겔처럼 사악하게 구는구나."

엄마가 말했습니다.

파티

담석과 관계가 있는 파티

어쨌거나 성령 강림절이 다가왔고, 엄마는 이렇게 결정을 내렸습니다.

"우리, 파티를 하기로 하자."

엄마는 채소로 샐러드를 만들고 케이크도 두 판이나 구웠습니다. 많은 손님들을 초대했거든요. 물론 할머니도 초대했어요.

"아니다 애야, 내가 어떻게 그런 자리에 어울리겠냐?"

할머니는 그렇게 말씀은 하셨지만 무척 기뻐하셨을 것입니다.

"어머님, 꼭 오셔야 해요. 오셔서 저를 도와주셔야 한다고요."

그리하여 할머니는 초대에 응했고 오는 길에 직접 구운 빵도 가져왔습니다.

"우리 집에서 내려오는 전통적인 방법으로 구웠답니다."

할머니는 우리 집에 온 손님들에게 일일이 설명해주었습니다. 산드라 그라디치 부인은 이 말을 듣자마자 요리법에 관해 할머니에게 물어보더군요. 게다가 직접 케이크, 레드와인 그리고 남편까지 데려왔습니다. 그 다음으로 스보보다 부부가 왔습니다. "그 사람들, 정말 아주 좋은 노인네들이더구나." 할머니는 나중에 그렇게 말했고(할머니는 스보보다 부인만큼 나이가 들었어요!), 그 뒤로 켈러 씨 부부, 크라네비터 부부, 엄마의 직장 동료 두 명, 그리고 각각의 가족에 속하는 아이들과 니콜라우스도 왔습니다.

"당신도 초대를 받았군요!"

크라네비터 부인은 니콜라우스를 보더니 웃으며 손가락으로 주의하라는 표시를 습니다. 그러자 니콜라우스도 웃었어요.

"그래요, 저도 왔습니다."

하지만 스보보다 씨는, "저 친구는 오일렌슈피겔이라오!"라고 말했어요.

"안 돼요! 오일렌슈피겔은 정말 싫단 말이에요!"

내가 고함을 질렀습니다.

"맞아. 총 사건을 들어보니 저 친구가 바로 틸 오일렌슈피겔이더군."

"피리를 불어서 쥐를 죄다 모아서 죽이는, 하멜른의 피리 부는 사나이가 더 맞아요."

그라디치 부인이 말했습니다.

"아이들이 없어지면, 어디에 있는 줄 아세요? 바로 니코의 집이죠. 그러니까 저 사람이 하멜른의 피리 부는 사나이가 틀림없잖아요?"

"어쨌든, 저 친구는 힘세고 건강한 젊은이임에는 틀림없어. 그렇지 않아요?"

크라네비터 씨는 또 나에게 이렇게 물었습니다.

"하지만 룸펠스틸츠헨*처럼 분노할 줄도 알더군. 어떻게 생각하니, 에버하르트?"

★ _ 그림형제의 동화이다. 방앗간 주인이 자신의 예쁜 딸은 짚을 금으로 바꿀 수 있다는 주장을 했다. 이에 왕은 그의 딸을 불러서, 창고에 짚을 가득 채우고 하룻밤 동안 이를 금으로 바꾸라고 명령을 했다. 어쩔 줄 몰라하는 딸에게 한 난쟁이가 나타나서 딸의 목걸이를 받고 금으로 바꿔주었고, 두 번째 날에는 반지를 받고 그렇게 해주었으며, 세 번째 날에는 만일 딸이 왕과 결혼해서 아이를 낳으면 그 첫아이를 받는다는 조건으로 그렇게 해주었다.
마침내 방앗간 주인의 딸은 왕과 결혼해서 아이를 낳게 되었고, 난쟁이는 약속을 지키라고 요구했다. 하지만 온갖 보물을 주면서 애원하는 왕비에게 난쟁이는 사흘 안에 자신의 이름을 알아내면 약속을 지키지 않아도 된다고 말해주었다. 왕비는 이틀 동안 이름을 알지 못했지만, 난쟁이가 사는 집이 어디인지 알아내게 되었다. 난쟁이는 신이 나 집안에서 춤을 추며 노래를 불렀는데, 그 노래 속에 그만 자신의 이름을 말해버렸다. 왕비는 난쟁이의 이름 룸펠스틸츠헨을 말했고, 난쟁이는 화가 나서 그만 그 자리에서 죽었다고 한다.

나는 니콜라우스야말로 거인, 일각수, 산돼지를 죽이고 공주
랑 결혼해서 왕이 된 용감한 재단사가 틀림없다고 말을 했는데,
모든 사람들은 이 대답을 아주 좋아했습니다. 니코는 미소를 짓
더니 할머니에게 다가갔습니다.

"아드님을 알고 있습니다. 우리는 대학에서 같이 공부했거든
요."

이 말을 듣자 할머니는 눈에 눈물을 글썽였습니다. 한동안 주
위가 조용해지더니 마침내 니코가 입을 열었습니다.

"그 친구가 유일하게 사피엔티아 동상을 올라갔었어요."

"올라가다니요?"

스보보다 씨가 물었습니다.

"대학에 아주 흉하게 생긴 거대한 동상이 하나 있었거든요.
그런데 에버하르트의 아빠는 밧줄도 없이 맨손으로 동상을 올라
갔었답니다. 사진도 있어요."

할머니는 매우 민망해했습니다. 나의 아빠가 그 동상을 올라
갔다는 사실이 자랑스러운 일인지 창피한 일인지조차 알 수 없
었으니까요. 하지만 니코는 할머니를 소파에 앉히고 자신도 그
옆에 앉아서는 오랫동안 얘기를 나누었습니다.

"우리는 아무 것도 가져오지 못했어요. 뭐가 필요한지 우선
살펴보고 가져오려고 말입니다."

크라네비터 씨가 말했습니다. 키가 작은 그의 아내가 그렇게 말하라고 시켰거든요. 그 뒤 그는 서둘러 집으로 올라가더니 술 안주와 물 그리고 올리브를 가져왔습니다.

켈러 씨 부부는 오렌지 주스와 샐러드를 가득 가져왔고, 엄마의 동료는 비계가 잔뜩 들어 있는 버터를 식탁 위에 놓았습니다.

"에버하르트!"

엄마는 나에게 경고의 소리를 질렀지만, 나는 "성령 강림절이 잖아!" 하고 말했습니다. 지방이 적은 요구르트만 먹던 나도 최소한 일 년에 한 번은 기름진 음식이 먹고 싶다는 뜻이었습니다.

"예외라고 쳐주지."

엄마는 빵에 버터를 발라서 나에게 주었습니다. 마요르 박사님이 도착하기 전에 내가 그 빵을 먹은 게 여간 다행이 아니었습니다.

"어? 오셨네요?"

박사님은 총과 얽힌 사건으로 아직도 멋쩍어하는 니코에게 말했습니다.

"그 일은 이제 잊어버리세요."

니코는 박사님을 할머니에게 소개를 했고 박사님은 그 자리에서 손자 에버하르트가 과다체중이며 그것이 얼마나 좋지 않은지 설명해주었습니다.

"어디, 여기 와서 한 번 보자꾸나!"

박사님은 나를 불러다가 훑어보았습니다.

"오, 가을부터 약간 변했구나. 좋았어, 아주 좋아. 뚱뚱한 아이는."

박사님은 할머니에게 얘기했습니다.

"어른이 되어서도 뚱뚱하답니다. 뚱뚱한 아이들은 보통 아이들보다 지방 세포가 훨씬 많지요. 그래서 평생 그 지방 세포와 함께 살게 되고요. 하지만 요즘에는 누구나 다 알고 있는 사실이죠."

"물론이지요."

할머니가 말했습니다.

"좋아. 하지만 오늘은 예외라고 생각하지?"

마요르 박사님은 뷔페가 차려진 식탁을 흘낏 보며 나에게 물었습니다.

"너는 뭘 제일 좋아하니? 초콜릿이 들어 있는 케이크?"

"버터를 잔뜩 바른 빵이요."

나는 미소를 짓고 어깨를 으쓱하려다가 그만두었습니다.

"예외도 있으니까."

박사님은 그렇게 말하고 빵 하나를 집어서 버터를 잔뜩 발라서 나에게 주었습니다. 나의 엄마는 부엌에서 이 광경을 목격했

지요. 하지만 엄마는 아무 말도 하지 않고 머리만 흔들었습니다.

　파티는 성공적이었습니다. 베아테 크라네비터만이 약간 과식을 했을 뿐입니다. 그녀는 갑자기 나에게 말했어요. "속이 좀 좋지 않아." 그러더니 창백한 얼굴로 그 자리에 주저앉는 것이었습니다. 스보보다 씨는 그녀를 유심히 쳐다보고 있었기에 이렇게 말했어요.

　"내가 알기로는, 얼굴에 시큼털털한 표정이 나타나는구나.

　그것은 영혼인가? 아니면, 순전히 몸의 상태란 말인가?

　나도 모르겠네."

　그런 뒤 그녀는 토하고 말았습니다. 크라네비터 부인은 이 모습을 보고 몹시 불쾌해했지만, 크라네비터 씨는 웃으면서 아내에게 말했습니다.

　"오, 엘리자베스, 내 사랑! 너는 기억하느냐? 후베르트 삼촌 댁에서 네가 어떻게……."

　그러자 크라네비터 부인은 더욱 불쾌한 표정을 지었습니다.

　마요르 박사님은 입을 다문 채 멀찌감치 떨어져서 우리를 바라보았습니다. 박사님이 사람들을 보고 무슨 생각을 할지 곰곰이 추측해보았어요. 아마 이런 생각을 하지 않을까 합니다. 아, 저기 저 친구는 담석이 있고, 저 부인은 척추가 완전히 맛이 갔지. 아, 맞아 저 부인은 갑상성 기능 항진증이고, 저 남자는 2, 3

년 전에 맹장염, 저기 저 남자는 저혈압이지. 저기 저 부인은 만성 신장염을 앓고 있고, 저 신사는 성대에 염증이 생겼고, 저 친구는 담배를 너무 많이 피는 사장님이고, 그 부인은 케이크를 너무 많이 먹지. 박사님이 모르는 사람은 오직 니코밖에 없을 것입니다.

걱정거리

조심하세요, 아이들에게는 아무 말도 해서는 안 됩니다!

그로부터 이틀이 지난 뒤 마요르 박사님은 니코에 관해서도 뭔가 말할 수 있게 되었습니다. '저 젊은 친구는 뇌진탕이었지!' 라고 말할 수 있게 된 것입니다.

사고는 이렇게 해서 일어났습니다. 니코는 여느 때처럼 흔들 침대에 누워 있었어요. 태양을 바라보며 눈을 감은 채, 아주 편안한 상태였습니다. 그때 흔들침대를 묶어두었던 처마의 물받이 홈통이 떨어지더니, 니코의 머리가 그만 바닥으로 떨어지고 말았습니다. 옆집에 살던 안드레아스는 신음 소리를 듣고 담 위로 올라가 보았더니 니코가 기절했다가 막 정신을 차리고 있더라는 것입니다. 안드레아스는 마요르 박사님에게 급히 연락을 했고, 마요르 박사님은 즉시 구급차를 불렀습니다.

니코는 8일 동안 병원에 입원해 있었고, 그 후 그는 약간 창백한 모습으로 정원에 앉아 있었어요. 물론 흔들침대는 아니었습니다. 그라디치 씨가 아주 탄탄한 못을 담에 박아주었지만 말입니다. 니코가 아직 흔들거리는 상태를 참아낼 수 없었던 것입니다.

"새로운 소식 없어, 에버하르트?"

그가 물었습니다.

"나는 회복기 환자니까 게으름을 피워도 돼. 회복기 환자는 새로운 소식이 있는지 물어도 되는 거야."

"뭐라고 했어요?"

"회복기 환자라고 했어. 회복하고 있는 환자란 말이야."

나는 회복기 환자라는 낱말을 이해할 수 없었습니다. 늘 내가 들어보지 못한 낱말들이 자꾸 생겨났습니다. 그것은 일종의 빈 곳입니다. 늙은 사람들은 자신들의 기억력에 빈 곳 혹은 여백이 생겼다고 말합니다. 나의 경우는 정반대입니다. 아직 채워지지 않은 자리가 많거든요. 특이한 것은 외래어는 곧잘 이해할 수 있는데 정작 모국어인 독일어는 잘 이해하지 못한다는 거죠. 그래서 최근에 나는 '자발적'이라는 표현을 이해할 수 없었는데, 엄마가 '자동적'이라고 설명을 해주자 모든 것이 분명해졌어요.

　니코는 나에게 읽기를 시키곤 합니다. 가령 잡지를 읽어보라고 해요. 토마스는 또 다시 이야기를 하나 썼는데, 이번에는 아주 긴 이야기였습니다. 나는 이것을 니코에게 읽어주었고 여기에도 소개하려 합니다.

　동물들만이 살고 있는 집이 한 채 있었다. 아주 다양한 동물들이 살고 있었다. 이 집 주위에는 아무도 살지 않았다. 숲과 늪만 있을 뿐. 동물들은 자기네들끼리만 살고 있었고, 그게 좋았다. 이 가운데 개가 한 마리 있었는데, 이 녀석은 혼자 있으면 온갖 것을 생각한다. 개는 항상 혼자 지냈는데 한번은 번개가 쳐서 텔레비전에서 번개가 불쑥 튀어나왔다. 방 안은 희미한 전등불로 음침하며, 집 밖은 번개와 천둥이 치고 있었다. 정확하게 말해 천둥은 굴러서 한동안 지속되더니 폭발하듯이 쾅 하는 소리를 냈다. 잠시 귀가 멍해지고 이상한 소리가 들려왔다. 지이잉! 개의 귀는 멍해졌고 깜짝 놀랄 수밖에 없었다. 번개와 천둥은 멈추지 않았고 오히려 더욱 강해져만 갔다. 이웃이 있다면 달려갈 텐데, 이웃 사람들은 항상 늦게 집으로 돌아오고는 했다. 지금도 멀리, 숲의 반대편에 나가 있었다.

한번은 개가 혼자 집에 있었는데, 물론 항상 혼자 있고는
하지만, 전화가 왔다. 저녁이었지만 아직 어둡지는 않았다.

"여보세요!"

개가 조심스럽게 전화를 받았다.

"여보세요!"

수화기 저편에서 이 말과 함께 웃음소리가 들려왔다. 아
주 나지막하고도 음침한 소리였다.

"누구세요?"

개가 물었다.

"나야. 나는 너를 볼 수 있지."

"어떻게?"

개는 이상해서 주위를 돌아보았다.

"창을 통해서."

모르는 자가 대답했다.

"나는 망원경이 있거든."

멀리, 숲가에 전화박스가 하나 있었다. 창문을 통해서 볼
수 있는 전화박스였다.

"전화박스에 있나요?"

개가 물었다.

"그래."

"숲 근처에?"

"그렇지."

"말도 안 돼. 전화박스에 누군가 들어가면 불이 켜지게 되어 있단 말이야."

개는 발꿈치를 들어서 전화박스가 있는 쪽을 쳐다보았다.

"내가 껐어."

낯선 이가 말하며 다시 음험하게 웃었다.

"불은 다시 켤 수가 있어. 자, 보이냐?"

정말이었다. 숲가에 있는 전화박스는 갑자기 환하게 밝았다가 또 어두워지고, 수화기를 통해 스위치를 켰다가 끄는 소리를 들을 수 있었다.

그래서 개는 깜짝 놀랐다. 소름이 끼치고 어딘가에 숨었으면 좋겠다고 생각했다.

"원하는 게 뭐죠?"

개가 물었다.

"나한테 원하는 게 뭐냐고요?"

"무섭지?"

낯선 이가 다시 웃었다.

"엄마를 데려올 거야."

개가 말했다.

"아빠도 불러올 거야."

그러자 낯선 이가 큰 소리로 웃었다.

"혼자 사는 거 다 알고 있어."

개는 놀라서 수화기를 그만 내려놓았다. 어떻게 해야 하지? 개는 할머니에게 전화를 할까 생각해보았다. 하지만 할머니는 이곳이 아니라 시내에 살고 있었다. 그리고 지금은 집에 있지도 않다.

그때 또 전화벨이 다시 울렸다. 또 그놈이군, 개는 그렇게 생각하고 수화기를 들지 않았다. 하지만 할머니일지 모른다는 생각이 퍼뜩 드는 것이다. 할머니는 자주 저녁에 전화를 하곤 했으니까. 그래서 개는 수화기를 들었다.

"여보세요?"

"나야."

낯선 이가 말했다.

"수화기를 내려놓는다고 무슨 수가 생길까? 천만에! 전화를 안 받으면 내가 너한테 가면 되지. 문을 두드릴 거야."

"나한테 원하는 게 뭔지 말해보라니까요. 제발!"

개가 말했다.

"내가 뭘 원하느냐고? 어쩌면 너와 얘기하는 걸 원할지도 몰라. 너 무서운 거야? 떨고 있어? 무섭다면 그렇다고 말해."

개는 사실 무서워서 죽을 것만 같았다. 수화기를 내려놓자, 누군가 집으로 다가와서 초인종을 누를 것만 같았다.

개는 스위치가 있는 곳으로 급히 가서 불을 껐다. 그는 한 번도 어둠 속에서 홀로 있어본 적이 없지만, 불을 끄고 나니 오히려 두렵지 않았다. 이제 밖에선 자신을 볼 수 없을 것이다. 창문을 통해 보니 바깥은 어둑어둑해지고 있었다. 개는 앉아서 기다렸는데, 솔직히 말해 약간 떨고 있었다.

그때 문 앞에서 발자국 소리가 들리더니 금방 초인종 소리가 들렸다.

쥐 죽은 듯 조용하기만 하다.

다시 한 번 초인종이 울렸다. 그리고 노크 소리도 들려왔다.

어떻게 해야 하지? 개는 혼자 생각했다.

잠겨 있으니 안으로 들어오지는 못해. 그렇게 하려면 자물쇠를 부숴야 할 거야.

다시 노크 소리. 이번에는 매우 컸다. 그리고는 목소리가 들려왔다.

"야, 빨리 열지 못해!"

그것은 분명 여자 목소리였다.

개는 문으로 달려가 소리를 질렀다.

"누구세요?"

"나야, 나! 곰 박사라고!"

여자 의사였다. 개는 사실 목이 심하게 아팠다. 열은 더이상 나지 않았지만.

개는 문을 열고 곰 박사님을 들어오게 한 뒤 서둘러 문을 잠갔다.

"무슨 일이 있었니?"

곰 박사가 물었다.

"왜 이렇게 컴컴해?"

개는 박사님에게 모든 것을 재빨리 설명했고, 그녀는 방으로 들어가 커튼을 열고 불을 켜더니 곧장 경찰에게 전화를 걸었다. 그런 뒤 둘은 기다렸다. 하지만 아무도 오지 않았다.

한참이 지난 뒤에 경찰 두 명이 왔다. 숲을 순찰하는 경찰이었다. 그들은 즉시 숲을 순찰했지만 아무도 발견하지 못했다. 한 사람이 개에게 말했다.

"네가 처음이 아니야, 그 남자는 아이들한테 몇 번 전화를 해서 무섭게 했다더군. 다른 짓은 하지 않아. 그냥 무섭게 하는 것 외에는."

일주일이 지난 뒤, 경찰은 낯선 사람을 체포할 수 있었다.

숲 저편에서. 그곳에서 그는 집에 혼자 있는 어린 고양이에게 전화를 걸었다. 그래서 그들은 낯선 사람을 붙잡을 수 있었다. 그는 아주 초라하고 비쩍 마른 남자였다. 이 사람은 아이들을 두렵게 만드는 게 취미라고 했다.

"그 녀석, 힘든가 보네."

니코가 말했습니다.

"토마스는 너무 자주 혼자 있잖아. 내 생각에는, 그래서 많이 무서운가봐."

우리는 한동안 아무 말도 하지 않았어요. 나는 며칠 전에 꾸었던 꿈에 관해 니코에게 얘기했습니다. 엄마가 죽는 꿈이었습니다. 나는 한 번도 그런 생각을 해본 적이 없었는데, 갑자기 그런 꿈을 꾸게 된 것입니다. 이때부터 나는 엄마가 죽을까 두려웠습니다.

"지진이었어."

내 꿈에 대해 설명하기 시작했습니다.

"엄마와 나는 발코니에 있었는데, 갑자기 발코니 한 부분이 떨어져 나가 엄마가 밑으로 떨어졌어. 나와 함께 성(城)의 연못에 놀러갈 때 입었던 파란색 옷을 입고 땅바닥에 떨어졌어. 엄마 옆에는 안경이 있었는데, 분명히 봤어."

니코는 나를 뚫어지게 쳐다보았는데, 갑자기 나는 울음을 터뜨리고 말았습니다. 오랫동안 꿈을 숨기고 있다가 얘기를 했더니 눈물이 솟구쳤어요. 나는 니코의 무릎 위로 기어올라갔고, 그는 아무 말도 하지 않고 나를 안아주었습니다.

그가 무슨 말이든 해주기를 나는 기다렸습니다.

마침내 니코가 입을 열었습니다.

"손수건 있어?"

나는 손수건이 없었어요. 그는 자신의 주머니에서 손수건을 찾아보았지만 없었습니다.

"자, 이제 들어봐. 모든 사람들은 그런 꿈도 꾸고 그런 생각도 해. 아주 좋아하는 사람이 있으면 그런 거야. 내 생각에는, 누군가를 좋아하는 일은 이 세상에서 가장 아름다운 일인 것 같다. 하지만 좋아하는 사람이 있으면 우리는 누구나 두려움을 갖게 되지. 상상력이 풍부할수록 두려움은 더 커진단다. 왜냐하면 이런 사람은 온갖 상상을 하니까 말이야. 너도 상상력이 풍부해서 그래. 하지만,"

그가 말했습니다.

"넌 멍청하지 않아. 안 그래? 통계가 뭔지 알아?"

"응."

나는 그렇게 말하고 몸을 제대로 가누려고 애를 썼습니다. 울고 난 뒤에 사람들이 흔히 그렇게 하듯이 말이죠.

"통계에 따르면, 중부유럽에 사는 사람들은 평균 75세까지 산다고 해. 여자들은 약간 더 오래 살고 말이야. 네 엄마는 이제 스물일곱 살 밖에 안 되었으니까……."

"스물여덟인데?"

"아냐, 스물일곱이야. 너 계산할 수 있어?"

"아니."

나는 거짓말한 게 들통이 나서 살짝 웃었습니다.

니코도 웃습니다.

"어쨌거나 네 엄마가, 그러니까 음……, 그렇게 될 경우는 정말, 정말, 정말, 정말, 정말 드문 경우야."

"정말, 정말, 정말, 정말"

나는 니코의 말을 따라했습니다.

"그래 정말, 정말, 정말……."

니코와 나는 이중창을 부르면서 집으로 갔습니다. 그는 내 눈물을 닦아주었고, 여전히 우리는 "정말, 정말, 정말, 정말……." 이라고 말했지요. 우리가 '정말' 이라고 말을 할 때마다 마치 엄마가 몇 년은 더 살 수 있을 것 같았습니다.

그 다음 날은 6월 말의 아름다운 일요일이었습니다. 우리는 니코의 정원으로 갔는데 니코는 나를 보자마자 이렇게 말했습니다.

"정말!"

나 역시 니코에게 말했어요.

"정말!"

엄마는 우리를 차례로 쳐다보더니 물었습니다.

"뭐야?"

"비밀."

니코가 대답했어요.

그때 산드라 그라디치 부인이 고개를 쭉 내밀고 담 너머로 이렇게 말했습니다.

"나쁜 소식을 전해야 할 것 같네요. 사람들이 오늘 아침 일찍 코라넥 씨를 체포했대요. 불쌍한 코라넥 부인! 어린 새끼들도 불쌍하지! 한 시간 전부터 집안을 수색하고 난리가 났다는군요."

신문에서도 그 소식을 접할 수 있었습니다. 코라넥 씨는 자신의 회사가 입찰을 받기 위해 두 명의 공무원에게 많은 뇌물을 갖다바쳤던 것입니다. 이미 뇌물을 먹은 공무원들도 구금당한 상태였습니다. 베스트슈타트의 모든 주민들이 코라넥 씨에 관해 수군거렸고 우리 아파트에서도 마찬가지였습니다. 글래저 부인은 건전한 이성으로 따져보더라도, 코라넥 씨의 사건은 불결한 것이라고 말했고, 예거 씨는 큰 소리로 말했습니다.

"크라네비터 부인, 내가 진작부터 말하지 않았습니까? 보험 회사에서 모든 것을 지불한다고요. 예, 부인도 알죠? 그 차고! 입 조심하세요. 아이들에게는 아무 말도 해서는 안 됩니다!"

예, 아이들에게는 말해서 안 되지요! 아이들이 그런 문제를 건드리면 절대 안 되지요. 안 그런가요? 내가 집에서 나왔을 때 게르하르트 코라넥이 지나갔습니다. 열두 살 난 코라넥 씨의 아들은 정류장으로 걸어가더군요. 보통 때와는 달리 게르하르트는 좌우를 쳐다보지도 않았고, 그에게 말을 거는 사람도 없었습니다. 버스 정류장에는 두 무리의 사람들이 있었지만, 그는 그 어디에도 속하지 않고 홀로 서 있었습니다. 버스가 오자 그는 마지막으로 버스에 올라탔는데, 어른들 사이에서 일어나는 일들이 아이들에게는 아무런 상관이 없다는 것을 다시 한 번 확인할 수 있더군요. 그렇지 않나요?

저녁이 되자 코라넥 씨의 사건은 텔레비전에서도 방송되었습니다. 입찰을 받은 공사는 수십억이나 되는 공사였다고 합니다. 숲 가장자리에 위치한 코라넥 씨의 집도 화면에 나오더니 아나운서가 말했습니다.

"체포된 코라넥 사장은 이 빌라를 작년에 이사와서 지었다고 합니다."

토마스가 나에게 말해주기를, 여기자 한 명과 사진기자 한 사람이 집에 찾아왔다고 합니다. 그리고 혹시 부모님이 이웃인 코라넥 씨에 관해 얘기해줄 것이 없는지 물었다고 했습니다. 가령 코라넥 씨가 파티를 열었다든가 그 비슷한 일에 대해 말이지요. 토마스의 아빠는 기자들에게 코라넥 씨는 감옥에 가 있다는 것과 그의 가족은 불행과 절망에 빠져 있으며, 신문에서 이 가족에 관한 기사를 많이 다룰수록 코라넥 가족은 더욱 깊은 절망에 빠질 것이라고 말했습니다. 말을 마치자마자 토마스의 아빠 크라머 씨는 기자 두 명을 쫓아버렸다고 합니다. 기자들은 나중에 '코라넥 씨의 호화판 빌라' 사진과, 크라머 씨가 집으로 들어가는 사진을 실었습니다. 이 사진 밑에는 이렇게 나와 있었습니다. "이웃사람들은 침묵으로 일관하고 있으며 어떤 정보도 말해주지 않고 있다. 왜 그럴까? 그들은 무엇을 알고 있을까?" 심지어 코라넥 씨를 곱게 보지 않았던 예거 씨도 신문기사에 대해 화를 냈다는 소문이 들려왔습니다. 그것도 그가 가장 좋아하는 신문의 기사를 읽고 말입니다. 신문이 진실을 어떤 식으로 다루는지 목격하게 된 것이지요.

페겔 부인은 월요일에 우리 엄마가 일하는 슈퍼마켓에 왔습니다. 그녀는 늘 그렇듯 인사를 건네고 엄마는 계산을 했습니다. 계산을 마치자 페겔 부인은 이렇게 말했습니다.

"여기서는 더 이상 살 수 없을 것 같아요. 남편과 저 말이에요. 모든 것이 너무 힘들어졌거든요."

나는 토마스에게 물어보았습니다. 왜 아무도 코라넥 씨의 아들 게르하르트와 말을 하지 않는지요.

"아무도 얘기하지 않아?"

토마스가 나에게 되레 물었습니다.

"게르하르트가 아무하고도 말하지 않는 거야."

게르하르트는 화요일부터 학교에 가지 않아요. 그는 정원에 앉아서 버찌나무 주변에 날아다니는 파리를 향해 돌을 던집니다. 토마스는 예전처럼 입으로 신호를 보내보았지만, 게르하르트는 얼굴만 붉히더니 돌을 하나 집어서 토마스에게 던졌습니다.

"꺼져!"

"어떻게 해야 하지?"

토마스가 니코와 나에게 물었습니다.

"기다려."

니코가 짤막하게 대답해주었습니다.

아버지

시계는 3시 반에 멈추었다

그로부터 이틀이 지난 목요일 오후에 나와 엄마에게 불행한 일이 일어났습니다. 목요일 오후에는 엄마는 쉬기 때문에 니코와 함께 동물원에 가려 했습니다. 그런데 비가 왔어요. 마침 초인종이 울려서, 우리는 니코라고 생각했어요. 문을 열어보니 여자 한 명과 남자 한 명이 서 있었습니다. 그들은 대학에서 나왔다고 말했어요.

"아, 기억이 나네요."

엄마가 아빠의 동료였던 남자에게 말을 했습니다. 그들은 집 안으로 들어와서 의자에 앉았고, 엄마도 나를 안은 채 그들의 곁에 앉았습니다.

"남편이 죽었나요?"

아빠는 죽었습니다. 그는 이미 2년 전에 죽었다고 합니다. 그 당시 알래스카 북쪽에서 경비행기 한대가 실종되었습니다. 이 비행기는 한 광산기술자의 소유였는데 산을 넘고 난 뒤 목표지점에 도착하지 않았습니다. 사람들은 한동안 수색을 한 다음 포기했다고 합니다.

일주일 전에 추락한 비행기가 다시 발견되었고, 비행기 조종사였던 광산기술자는 두 명의 손님을 비행기에 태웠다고 합니다. 아빠와 캐나다 친구였습니다.

2년 전. 그때만 하더라도 엄마는 두근거리는 가슴을 안고 집으로 돌아오던 시절입니다. 아빠로부터 분명 편지가 올 것이라고 생각했기에 말이죠. 당장은 아니라도 언젠가 편지는 올 것이라는 희망을 버릴 수가 없었습니다. 그래도 편지가 오지 않자 엄마는 무슨 소식이라도 올 것이라는 희망을 버리지 않았습니다. 그리고 작년 겨울이었어요. 마지막 희망도 버렸습니다. 더 이상 편지는 오지 않을 것이라고 알게 된 것입니다.

"알고 있었어요."

엄마가 말했습니다.

"나도 알고 있었어요. 언제부터인지는 몰라도, 나도 알고 있

었어요. 죽은 지 이미 오래 되었다는 걸."

엄마는 울었습니다. 나는 놀랐고 또 슬프기도 했습니다. 나도 울어야 한다는 것을 알았지만, 눈물이 나오지 않았어요. 나는 아빠가 있으면 좋겠다는 생각은 많이 했지만, 그냥 아빠를 원했을 뿐, 진짜 우리 아빠에 대한 기억은 아무 것도 없으니까요.

대학에서 온 두 사람은 자리에서 일어났습니다. 여자가 말했어요. 엄마가 다음 주에 자신을 찾아왔으면 한다고 말이지요. 아빠는 대학의 직원이었고, 일을 하면서 사망했다는 사실이 이제 밝혀졌기 때문에 나와 엄마는 연금을 받을 권리가 있다고 말해 주었습니다.

나중에 니코가 왔습니다. 엄마는 무척 어려운 일을 앞두고 있는 표정이었습니다. 할머니에게 연락을 해야만 하니까요.

아빠는 알래스카에 묻혔습니다. 니코는 커다란 알래스카 지도를 가져와서, 아빠가 사고를 당한 산을 찾아보았습니다. 아빠가 묻힌 장소 말입니다. 얼마 후 아빠의 시신 곁에서 발견된 물건들을 담은 소포가 우리 집에 도착했습니다. 신분증, 공책과 수첩이 들어 있는 가죽가방이었어요. 그리고 엄마가 보낸 편지 한 장과, 그림 한 장이 들어 있었어요. 내가 최선을 다해 그린 비행기 그림을 아빠에게 보냈던 것입니다. 할머니는 마치 돌처럼 굳었습니다.

"신기한 일이지 않니? 아이가 아비한테 비행기를 그려 보냈어. 비행기를 말이다. 이건 뭔가 예고하는, 경고하는 거야."

하지만 나는 아빠가 미국으로 갈 때 탔던 비행기를 그렸을 뿐입니다. 그 얘기를 자주 들었으니까요. 그림 밑에는 내 손도장이 찍혀 있었습니다. 아직도 기억이 납니다. 그때 엄마는 붓으로 내 손을 색칠하고는 종이 위에 찍었어요. 나는 그림에 찍혀 있는 내 손자국 위에 내 손을 얹어보았는데, 그동안 내가 얼마나 자랐는지 알 수 있었습니다.

할머니는 아빠의 죽음을 전해 듣고 난 뒤부터 더 자주 우리 집에 오십니다. 할머니는 많이 우셨고, 우리가 아빠를 잘 대해주지 않았다고 슬퍼했습니다.

"크리스틀, 너는 아범이 편지를 보내지 않는다고 얼마나 불평을 많이 했냐? 나도 그랬지, 나도."

그리고 할머니는 재빨리 이렇게 말씀하셨습니다.

"이미 죽은 지 오래된 줄도 모르고……."

나와 엄마는 그 문제를 두고 얘기해본 적은 없지만, 우리가 아빠를 잘 대해주지 못했다는 할머니의 말씀은 틀렸습니다. 아빠가 떠났을 때 나는 겨우 한 살이었습니다. 우리는 아빠로부터 다섯 통의 편지를 받았는데, 엄마는 이 편지들을 특별히 잘 보관하고 있어요. 마지막 편지가 왔을 때 나는 두 살이었습니다. 하지만 아빠는 이로부터 13개월 후에 사고를 당한 것입니다. 그 기간 동안 아빠는 할머니와 엄마가 보낸 편지들을 받았을 게 분명합니다. 왜냐하면 13개월 이후에 보낸 편지들처럼 수취인불명으로 되돌아오지 않았거든요. 아빠는 수많은 편지 중 엄마가 보낸 편지 한 장만 가지고 있었고, 그것은 아빠가 사고를 당하기 3주 전에 받은 편지였습니다. 아빠는 13개월 동안 아무런 소식이 없었습니다.

아빠는 정말 바람처럼 사라진 것일까요? 나는 이 문장이 무슨 뜻인지 사전을 찾아보았습니다. 이 문장은 원래 한 병사로부터 유래했다고 합니다. 전쟁터에 먼지바람이 일어나 아무 것도 볼 수 없게 되면, 아무도 모르게 도망칠 수 있었던 것입니다. 아빠도 도망간 것일까요? 누구를 피해서 도망을 갔다는 것입니까? 젊은 아내를 피해서? 어린 아들을 피해서? 멋진 부엌, 괘종시계 그리고 발코니가 있는 방 세 개짜리 집을 피해서 도망친 것일까요?

아빠가 무슨 생각을 했고, 무엇을 원했는지 우리는 모릅니다. 아빠는 자신이 원하는 것이 무엇인지 알고 있었을까요? 우리는 영원히 알 수 없습니다.

아빠의 손목시계도 알래스카에서 온 소포꾸러미 속에 들어 있었습니다. 그것은 검정색 숫자판이 달려 있는 구식 시계였습니다. 이 시계는 아빠와 함께 2년 동안 얼음 속에 묻혀 있었던 것입니다. 시계의 시침과 분침이 세 시 반에 멈춰져 있었어요.

"이 시계는 보관하도록 하자."

엄마가 말했습니다. 니코는 시계를 집어들고 태엽을 감았습니다. 그러자 시계가 소리를 내며 작동했습니다. 우리는 시계소리가 그칠 때까지 기다렸습니다. 시계는 째깍 소리를 내며 너무나 힘차게 돌아가서 절대로 멈추지 않을 것만 같았습니다. 순간 나는 그만 울고 말았습니다.

좋아하기

세 명의 이성적인 사람들처럼

니코는 내 침대 옆에 있는 벽에 못을 하나 박아주었습니다. 그곳에 아빠의 손목시계를 달아놓았지요. 나는 원하면 언제든 시계를 만질 수 있고 아침이면 태엽을 감아줍니다. 밥을 주는 것이지요. 그래야 시계는 째깍째깍 소리를 내면서 돌아갑니다. 아빠의 시계는 여름 내내 잘 돌아가고 있습니다. 이제 머지않아 나의 생일, 여섯 번째 생일이 다가옵니다.

우리는 성안에 있는 커피숍에 다시 가서 백조들이 노는 연못가에 앉았습니다. 엄마는 밝은 청색 옷을 입었어요. 이번에는 옆 식탁에 고집을 피우는 아이도 없답니다. 반면 니코가 우리와 함

께 앉아 있어요. 여종업원이 우리 식탁으로 오더니 이렇게 말합
니다.

"오, 전에 왔던 그 작은 신사분이네."

"예, 가죽 혀를 달고 다니는."

내가 말합니다.

"어머나, 너한테 상처를 주었구나?"

"그런데 가죽 혀가 뭐예요?"

내가 그녀에게 묻습니다.

"가죽 혀? 나도 몰라. 그냥 사람들이 그렇게 말해서 나도 그
렇게 말했지."

나는 호두가 들어 있는 케이크와 아이스크림을 먹습니다. 속
은 전혀 불편하지 않습니다. 우리는 아주 가깝게 앉아 있어서,
온갖 것에 관해 조용히 얘기를 나눌 수 있답니다. 마치 우리 셋
은 서로 좋아하는 세 명의 이성적인 사람들 같습니다.

옮긴이의 말

에버하르트, 너 한 번 꼭 보고 싶다!

　이 책은 또래 아이들에 비해서 정신적으로나 지적으로 상당히 조숙한 에버하르트가 세 살 때부터 여섯 살이 될 때까지 경험한 일들을 기록한 책이다. 목소리는 꾀꼬리 같고 외모도 영락없이 어린아이지만, 에버하르트의 관찰력은 어른이라 해도 감히 흉내낼 수 없을 만큼 예리하고도 비판적이다. 장난감 총 때문에 일어나는 어처구니없는 사건들, 낯선 사람이 동네에 이사를 오자 어른들이 일제히 쏘아대는 의심에 찬 눈초리, 코라넥 씨처럼 돈 많고 성공한 사장은 무조건 칭찬하는 어른들의 세계. 특히 코라넥 씨가 주축이 되어 세운 도서실은 가관이다. 책은 잡동사니들로 이루어져 있었고, 도서관 사서는 실직한 치과 보조 간호원이었으니 말이다.

하지만 에버하르트는 어른 세계를 비판하는 데 그치지 않는다. 처음에는 불만스러웠지만 그래도 점차 할머니를 이해하고 사랑하게 되고, 음악가인 켈러 씨 가족도 좋아하게 되고, 그리고 엄마의 대학 친구인 니콜라우스를 아버지처럼 따르게 된다. 무엇보다 에버하르트가 어머니를 생각하는 마음은 따뜻하다 못해 애절하기까지 하다. 엄마가 죽는 꿈을 꾼 에버하르트는 감히 이 꿈을 누구에게도 고백하지 못하다가, 니코에게 고백을 한다. 그리고 "정말"이라고 말을 할 때마다 엄마가 조금 더 오래 살 것만 같아서, 에버하르트는 니코 아저씨와 이중창으로 끊임없이 "정말, 정말, 정말"을 외쳐댄다. 이런 식으로 어머니에 대한 사랑을 표현하는 아들을 싫어할 엄마가 세상에 어디 있을까.

이 소설의 클라이맥스는 뭐니 뭐니 해도 에버하르트가 아버지의 사망소식을 듣고 하게 되는 일련의 행동들이다. 아버지의 실종이 사망으로 확인되었지만, 에버하르트는 처음에 눈물을 흘리지 않는다. 제대로 아버지라고 불러본 적도 없었고, 엄마를 고생만 시켰다는 원망만 했던 아버지였으니까. 아내와 자식, 방이 세 개나 있는 아늑한 집도 버리고 연구가 좋아서 남극으로 가버렸던 아버지였으니까. 하지만 니코 아저씨가 세 시 반에 멈춰 있는 아버지의 유품인 손목시계의 태엽을 감자, 손목시계는 힘차게 움직인다. 아버지는 돌아가셨지만 아버지의 시계는 마치 계속 살아 있는 것 같은 순간이었다. 이 장면에서 에버하르트는 그만 눈물을 흘리고 만다.

사람들은 똑같은 책을 여러 번 읽지 않는다. 나 역시 지금까지 두 번 읽은 책을 손으로 꼽아보라고 하면 별로 없다. 하지만 이 『세 시 반에 멈춘 시계』는 번역과 교정까지 합한다면 적어도 대여섯 번은 읽었다. 그럼에도 불구하고 이 책은 전혀 지겹지가 않았다. 오히려 읽을 때마다 나는 에버하르트가 마치 옆집에 살고 있을 것만 같은 느낌이 들었다.

『세 시 반에 멈춘 시계』와 같은 책을 지금의 어른들이 어렸을 때 읽을 수 있었더라면, 지금 우리가 사는 세계는 조금 나은 모습이었을 것이라는 생각을 해보았다. 정치가들과 공무원들은 뇌물을 조금 덜 먹을 것이고, 부패하고 썩은 정치인이더라도 우리의 경제만 살려준다면 아무런 문제가 없다고 당당하게 떠드는 어른들도 아마 적었을 것이다. 우리 어른들은 비록 읽지 못했지만, 늦기 전에 우리 아이들에게라도 이런 좋은 책을 소개할 수 있어서 나는 무척 다행으로 여긴다. 그리고 나 역시 에버하르트를 통해 얻게 된 감동과 행복감을 오랫동안 간직하고 싶다.

2007년 9월 이미옥

세 시 반에 멈춘 시계

1판 1쇄 펴냄 2007년 9월 27일
1판 3쇄 펴냄 2011년 3월 30일

지은이 한스 도메네고
옮긴이 이미옥

편집주간 김현숙
편집 변효현, 김주희
디자인 이현정, 전미혜
영업 백국현, 도진호
관리 김옥연

펴낸곳 궁리출판
펴낸이 이갑수

등록 1999. 3. 29. 제300-2004-162호
주소 110-043 서울특별시 종로구 통인동 31-4 우남빌딩 2층
전화 02-734-6591~3
팩스 02-734-6554
E-mail kungree@kungre.com
홈페이지 www.kungree.com

ⓒ 궁리출판, 2007. Printed in Seoul, Korea.

ISBN 978-89-5820-109-0   03850

값 8,000원